BREVE HISTORIA
DE LOS SAMURÁIS

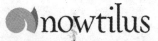
nowtilus

BREVE HISTORIA
DE LOS SAMURÁIS

Carol Gaskin
Vince Hawkins

Colección: Breve Historia (www.brevehistoria.com)
Director de la colección: Juan Antonio Cebrián
www.nowtilus.com

Título original: *The ways of the Samurai*
Autor: Carol Gaskin & Vince Hawkins
Traducción: Diana Villanueva para Grupo ROS

Segunda Edición: © 2005 Ediciones Nowtilus, S.L.
Doña Juana I de Castilla 44, 3º C, 28027 Madrid
Primera edición: © 2004 Ediciones Nowtilus, S.L.

Edición original en lengua inglesa:
© 1990 y 2003 por Byron Preiss Visual Publications.
©2003 Instructional Resources Corporation, de la ilustración de la portada y
las de las páginas 29, 33, 39, 54, 76, 98, 108, 116.
© 2003 Vince Hawkins, de «Una vuelta a los usos de antaño», «La batalla de
Nagashima», «Oda Nobunaga» y «Takeda Shingen».
«La cuarta batalla de Kawanakajima» © 2003 Sovereing Media y se usa con su permiso.

Editor: Santos Rodríguez
Responsable editorial: Teresa Escarpenter

Diseño y realización de cubiertas: Carlos Peydró
Diseño de interiores y maquetación: Grupo ROS
Producción: Grupo ROS (www.rosmultimedia.com)

ISBN: 84-9763-140-4
Depósito legal: M. 30.802-2005
EAN: 978-849763140-2
Fecha de edición: Julio 2005

Printed in Spain
Imprime: Imprenta Fareso, S.A.

Sobre los autores

CAROL GASKIN es escritora, editora y productora de sitios web. Ha escrito quince libros y numerosos artículos sobre historia y ficción. Vive en Sarasota, Florida.

VINCE HAWKINS es historiador militar de profesión, con 17 años de experiencia en investigación, estudios y análisis históricos. Obtuvo su título de Master en Historia por la *George Mason University* de Virginia. Ha escrito numerosos artículos para varias publicaciones periódicas, incluida la revista *Military Heritage*. Ha colaborado asimismo en libros tales como *The Encyclopedia of Military Biography*, *The International Military and Defense Encyclopedia* y *Understanding Defeat*. Actualmente trabaja en el proyecto de un libro con la *U.S. Army Historical Foundation* sobre una cronología del ejército de los Estados Unidos. Es miembro de la *Company of Military Historians*, la *Indiana Historical Society*, la *American Revolution Round Table of D.C.* y el *First Virginia Regiment of the Continental Line re-enactment unit*. Entre sus aficiones se incluyen la pintura de soldaditos de plomo, los juegos de estrategia basados en batallas del pasado y la recreación de la Guerra de Independencia americana. Vive en Fairfax, Virginia.

Índice

Prólogo

Juan Antonio Cebrián presenta

Samuráis, los guardianes del sol naciente

Siempre admiré la condición y el alma de los antiguos guerreros medievales, hombres dispuestos a sacrificar sus vidas en la defensa de lo que ellos entendían como nobles ideales. Los caballeros europeos son sobradamente conocidos gracias a nuestra literatura más cercana, empero, los paladines de oriente, acaso por la distancia o por una ignorancia aceptada, han sido cubiertos por la bruma o por los fantasmas del recelo. Curiosamente, si nos ponemos a la tarea de comparar vida y obra de estos luchadores comprobaremos que, tanto los de aquí, como los de allí, no se diferencian en exceso en cuanto a determinadas pautas de comportamiento y pronto observaremos que hay pocas cosas que separen al Cid de un samurái Minamoto.

Según reza en las antiguas leyendas de la mitología japonesa, en el albor de los tiempos una bella diosa nipona contrajo tristeza de amor, de sus lagrimas brotaron islas que conformaron el archipiélago del sol naciente. Siglos más tarde, surgirían guardianes para proteger las costas y territorios de una de las culturas más apasionantes de las que pueblan nuestro planeta.

Samurái, significa en japonés *servidor* y, eso es precisamente lo que esta casta guerrera e intelectual hizo durante su tiempo de hegemonía —servir a sus señores feudales—, esos mismos *daimio* que pugnaban por el control de un imperio cuya representación figurativa máxima es el crisantemo. Dicen que la vida de un samurái era bella y breve como la flor del ciruelo, por eso no es extraño que uno de sus lemas vitales fuera: «morir es sólo la puerta para una vida digna».

Estos magníficos caballeros mantuvieron una intensa vida militar entre los siglos XII y XVII. En ese periodo de luchas entre clanes, se les podía ver orgullosos a lomos de sus pequeños aunque resistentes caballos y fieles al ritual guerrero impuesto por el bushido, auténtico código de conducta para aquel que se formara en esta indomable casta. La liturgia del samurái antes de cada batalla sigue estremeciendo a todo aquel que se acerque a su historia. El poder contemplar a cualquiera de estos hombres en la preparación de un combate constituía un enorme espectáculo donde la intensidad y el honor lo invadían todo. Con sumo cuidado ceñían a su cuerpo majestuosas armaduras lacadas en negro en las que un sinfín de piezas ajustadas milimétricamente protegían a su dueño. La ceremonia se completaba cuando el samurái cogía sus armas personales en las que destacaba la katana, una infalible espada de 60 cm de largo elaborada con técnicas ancestrales sólo conocidas por escogidos maestros herreros, los cuales necesitaban tres meses para forjarlas. La tradición exigía que fuera la espada la que eligiera a su compañero, para ello el guerrero se situaba ante un grupo expuesto por el forjador. La elección sólo dependía de las vibraciones comunes emitidas por la espada y el samurái. Una vez juntos no volverían a separarse jamás, entroncándose sus almas hasta el combate final.

Los samuráis ocupaban sus periodos de ocio en el perfeccionamiento del espíritu. Gustaban de la poesía y el teatro y se refugiaban con frecuencia en la creación de maravillosos jardines flotantes. Eran auténticos pensadores que engrandecieron Japón en diferentes ámbitos.

Su declive llegó cuando la paz y los tiempos modernos se instalaron en el país. En 1868 el 7% de la población japonesa se podía considerar samurái, es decir, dos millones de personas regentaban sus vidas basándose en el código bushido. Muchos, ante el temor popular que seguían infundiendo, se refugiaron en las ciudades convirtiéndose en artistas, comerciantes o profesores, otros, no tuvieron esa suerte quedando abandonados a la marginación o al alcoholismo.

En 1876 los samuráis se rebelaron ante el poder. Durante más de un año mantuvieron en jaque al gobierno con sus armas tradicionales. Sin embargo, el peso de la nueva tecnología bélica aplastó sus tradiciones y orgullo y más de 20.000 murieron acribillados por fusiles repetidores o ametralladoras de posición mientras realizaban sus últimas y gloriosas cargas de caballería. Fue la única manera que concibieron para morir de forma noble y justa con las enseñanzas recibidas, otros optaron por el seppuku o suicidio ritual, acabando sus días por su propia mano y no por la del enemigo.

En 1944 el espíritu samurái resurgió en forma de kamikazes que intentaban frenar el avance norteamericano sobre sus islas. Como sabemos, todo fue inútil y aquel viento divino terminó por estrellarse contra el acero blindado de los buques aliados. No obstante, algo queda en la idiosincrasia nipona de aquellos bravos guerreros, lo vemos en su talante nacional, el mismo que ha impulsado a un imperio abatido por la guerra hacia los primeros puestos ocupados por las potencias que les vencieron.

En esta magnífica obra escrita por Carol Gaskin y Vince Hawkins, el lector viajará por los paisajes que acogieron a estos rotundos guerreros. Conocerá sus técnicas de combate, sus códigos de conducta y, sobre todo, el honor que impulsó sus vidas hasta las últimas consecuencias. Una historia apasionante que les invito a conocer dejándose llevar por la narración expuesta en estas vibrantes páginas. Estoy convencido que, tras la lectura de este libro imprescindible, nadie se verá empujado a realizarse el harakiri.

Juan Antonio Cebrián

I
El primer samurái

El campo estaba iluminado por antorchas que producían una luz fantasmal. Calmados, aunque alertas, los hombres esperaban que llegase el amanecer. Estaban preparados para la guerra, vestidos con los colores de la familia, envueltos por su armadura de metal atada con cordones de tonos brillantes y portando las armas al cinto. Sus estandartes ondeaban al viento, adornados con el emblema de su señor y líder. Los caballos permanecían quietos.

De repente, al despuntar el día, éstos cobraron vida. Los hombres se pusieron enseguida en movimiento. Y su líder, que lucía una magnífica armadura y sedas estampadas, se puso en pie. Su rostro quedaba escondido por una máscara de hierro que infundía terror y su casco llevaba los cuernos dorados de una luna creciente. Por un instante estuvo tan quieto como una estatua, escuchando y escudriñando el horizonte. Husmeó el aire y dirigió su mirada a los caballos. Entonces el gran señor de la guerra dejó salir un fiero grito de batalla. Los hombres se apresuraron para colocarse en sus posiciones.

A medida que el sol naciente bañaba el campo con un brillo levemente anaranjado, el enemigo se hizo visible de manera repentina: cientos de arqueros a caballo, gritando temibles gritos de guerra.

Los jinetes se encontraron cara a cara dispuestos en dos líneas de batalla que prorrumpían en un ruido atronador. Enseguida el aire sobre el campo de batalla estuvo cubierto de haces de flechas sibilantes. Heridos, los caballos caían al suelo, relinchando de dolor. Algunos guerreros intentaban extraer las flechas de sus miembros para continuar luchando hasta donde las fuerzas les permitiesen.

De repente, el campo de batalla enmudeció mientras una figura solitaria se adelantaba galopando. Su armadura llevaba la insignia del enemigo y su casco estaba decorado con grandes cuernos. Cabalgaba mientras gritaba su nombre y los nombres de su familia. «Ni mil hombres podrían conmigo. ¿Hay alguien que ose luchar contra mí?».

Respondiendo al desafío, el señor de la guerra adelantó su caballo. Los cuernos de su casco brillaban como el fuego en la mañana recién estrenada. «Mis antepasados valen cada uno *diez* mil hombres. ¡Nuestro honor es célebre a lo largo y ancho de toda esta tierra!».

Los dos guerreros cargaron el uno contra el otro a galope tendido, intentando que el adversario fuera el primero en retroceder. Ninguno de ellos podía permitir que lo llamaran cobarde. Llevados por el frenesí del momento sus caballos colisionaron violentamente y los combatientes cayeron al suelo.

En un instante, sacaron las espadas. El bruñido metal cortó el aire mientras los hombres se acechaban el uno al otro en una danza mortal. El roce de las afiladas hojas se convertía en chispas. Al ver una posible entrada, el retador lanzó su espada al cuello de su contrincante. Éste se hizo rápidamente a un lado. «¡*Eeeeiiiii!*» gritó, blandiendo su espada delante de él. Lentamente, el guerrero del casco con cuernos se derrumbó cayendo al suelo herido de muerte. Agachándose sobre su enemigo, el guerrero de la luna creciente asestó un golpe final con su espada y con un grito de triunfo mostró a todos la cabeza de su enemigo.

Animados por la victoria, los hombres del jefe guerrero se lanzaron al ataque y sus enemigos se batieron rápidamente en retirada. La batalla había terminado. Los soldados estaban satisfechos. El general enemigo había sido un digno contrincante y había tenido una muerte honorable. ¿Pero quiénes eran estos fieros espadachines? ¿Según qué extrañas reglas luchaban?

Los guerreros eran samuráis, soldados profesionales que servían a los señores de la guerra rivales de Japón. Las historias de los samuráis y de su famoso código de honor han fascinado a generaciones.

Pero los primeros samuráis no eran conocidos por su destreza con la espada. Su camino era conocido como *El camino del arco y del caballo*.

El camino del arco y del caballo

Japón es un grupo de hermosas islas llenas de montañas en el océano Pacífico, en la costa este de Asia. Está separada de Rusia, China y Corea por el Mar del Japón.

En tiempos remotos, Japón era gobernado por un emperador y su corte. El emperador era tratado como un dios y se creía que descendía de la diosa sol, *Amateratsu*.

Por debajo del emperador estaban los nobles y por debajo de los nobles había muchas categorías de samuráis. Más abajo estaban los campesinos que trabajaban las tierras de los nobles. En aquellos tiempos, cualquiera podía ascender para convertirse en un samurái. Pero en el Japón posterior sólo aquellos que hubieran nacido de padres samuráis podían ostentar el rango de samurái.

La palabra *samurái* significa «servir». Originalmente, los samuráis eran soldados que servían a la corte imperial y eran absolutamente leales al emperador. Pero también protegían a las familias de los nobles.

Desde los tiempos más remotos, el arroz ha sido el producto más importante de la isla. Aquél que poseyera los campos de arroz controlaba la riqueza del país. Hacia el siglo XII, muchos hombres poderosos poseían tierras y castillos lejos del palacio del emperador en Kyoto. Para protegerse de las bandas de ladrones, y de ellos mismos, los nobles empezaron a tener sus propios ejércitos de samuráis. Las armas preferidas eran el arco y la flecha y la lanza.

El guerrero samurái seguía un código de honor llamado *bushido*, «el Camino del Guerrero» y prometía lealtad completa a su señor. Un samurái que se distinguiese en la batalla podía recibir un lote de tierras como recompensa.

Con el apoyo de sus ejércitos samuráis, los nobles ganaban el control de vastos territorios. Estas nobles familias comenzaron a aliarse para formar clanes que acabarían siendo más poderosos que el mismo emperador. Los clanes, con frecuencia, mantenían disputas entre ellos.

Finalmente, estalló la guerra civil entre los dos clanes más poderosos: el Minamoto o Genji, y el Taira o Heike. Y Japón entró en la Edad de la Espada.

El mayor tesoro del samurái: la espada

En las antiguas historias sobre el nacimiento de nuestro mundo, la primera espada siempre mencionada es un acero japonés llamado la *espada sagrada*. Esta poderosa arma fue forjada en la cola de una gigantesca serpiente de ocho cabezas, cuya parte inferior estaba escondida por nubes de humo negro.

La serpiente, que era tan alta como ocho montañas, gustaba de comer jóvenes doncellas. De manera que el héroe Susano-o, hijo del dios del fuego, se decidió a matar al monstruo. Engañó a la serpiente para emborracharla con *sake*, un vino de arroz muy fuerte. Una vez ebria la serpiente se quedó dormida y Susano-o la cortó en pedazos. Pero cuando llegó a la cola, la espada de Susano-o golpeó algo muy duro y se rompió en dos. Tanteando con sus manos en el interior de las oscuras nubes, descubrió la espada sagrada. Según la leyenda, la espada era uno de los tres tesoros que fueron entregados por los dioses al primer emperador de Japón para constituir las insignias reales o las joyas de la corona. (Un espejo de hierro y un collar fueron los otros dos). Así que la espada, un símbolo del poder divino del emperador, ha sido venerada por los japoneses desde los tiempos antiguos.

Tokugawa Ieyasu (1542-1616), uno de los jefes samuráis más importantes, llamó a la espada «el alma del samurái». En la época de Ieyasu sólo al samurái le estaba permitido llevar dos espadas. La más larga, la *katana*, era el arma principal en la batalla. La espada corta, la *wakizashi*, se usaba también en combate y, de ser preciso, en el suicidio ritual.

Para el orgulloso samurái, no había posesión más preciada que su espada. Se colocaba una espada en la habitación del samurái el mismo día de su nacimiento y también se depositaba una espada en su lecho de muerte al morir. A lo largo de su vida, el samurái acostumbraba a dormir con su espada cerca de su almohada y la llevaba consigo dondequiera que fuese.

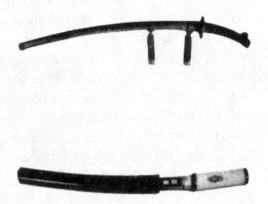

Arriba: la katana, *la espada larga*
Abajo: la wakizashi, *la espada corta*

Las espadas eran siempre tratadas con respeto. Cuando se visitaba a otro guerrero, el samurái podía colocar su katana en un armero especial cerca de la puerta o bien se le permitía a un criado llevársela sobre un paño de seda, pero siempre se quedaba con el wakizashi en su cinto.

Las espadas de los samuráis pasaban de generación en generación. Cualquier falta de respeto a la espada de un samurái era vista como un insulto hacia toda su familia. Se consideraba una grave ofensa tocar de cualquier forma la espada de otro sin su permiso, una afrenta que podía resultar en un cruento duelo. Por este motivo, los samuráis tenían que tener cuidado para no rozarse entre sí al andar por la calle por ejemplo.

Los samuráis también creían que las mejores hojas de los mejores fabricantes de espadas tenían poderes espirituales en sí mismas. Las espadas que habían sido usadas en combate eran especialmente apreciadas. Pero los samuráis adinerados también buscaban nuevas espadas de espaderos famosos.

Aquellos que hacían las espadas eran reverenciados como artistas y hombres santos, y el taller de un forjador de espadas era considerado como un templo, donde se realizaba un trabajo sagrado. Un cartel típico a las afueras de un taller podía leerse como sigue: «Se pulen almas».

Se pensaba que la personalidad de un espadero pasaba a formar parte de sus obras. Así que antes de forjar una espada, un maestro forjador ayunaba para purificarse. Colgaba por su taller plegarias escritas en papel de arroz y se vestía con kimonos blancos, como un sacerdote, para trabajar en la forja encendida. Mientras trabajaba mantenía una concentración absoluta.

La espada de un samurái estaba hecha de hierro y acero, calentada en la forja y enfriada sucesivamente, o templada en una mezcla de aceite y agua. El acero era trabajado con el martillo, modelado una y otra vez hasta conseguir cuatro millones de láminas de metal. La hoja de la espada de un samurái era muy dura y extremadamente afilada, pero el cuerpo de la misma era más suave y flexible. Una vez acabada, la espada era guarnecida y se le añadía un mango decorado. Tras lo cual la nueva espada podría ser puesta a prueba sobre el cuerpo de un criminal.

El taller de un espadero

A la manera de un artista, un maestro hacedor de espadas solía firmar su trabajo. Pero el más famoso de todos los espaderos, Masamune (1264-1343), fabricó espadas tan peculiares que no necesitaba firmarlas. Masamune era tenido por un hombre profundamente religioso y se decía que sus espadas poseían un gran poder espiritual.

El principal rival de Masamune, Muramasa, fue también un hábil espadero. Pero Muramasa amaba la guerra. Sus espadas eran tan fuertes que podía cortar un casco como si fuese un melón. Sus armas tenían sed de sangre. Se decía que los samuráis que poseían las malvadas espadas de Muramasa se volvían locos, incapaces de parar de matar, hasta que finalmente volvían las espadas contra sí mismos.

Según la leyenda, una manera de comprobar la diferencia de carácter entre las espadas de Masamune y las de Muramasa era poner una de cada, de pie, en una corriente de agua. Las hojas que flotaban en el agua evitarían la espada de Masamune, llegando de una pieza al otro lado. Sin embargo, se verían atrapadas sin remedio por la mortal espada de Muramasa y acabarían cortadas en dos.

Minamoto Yoritomo, el primer sogún

II
El enfrentamiento entre los señores de la guerra

EL PRIMER SOGÚN

Las guerras Gempei entre los clanes Minamoto y Taira comenzaron en 1180 y duraron cinco años. Las historias sobre esta sangrienta guerra civil y sobre los héroes que tomaron parte en ella se han convertido en leyendas en Japón. Durante 800 años, los japoneses han referido una y otra vez estos sucesos en libros, obras de teatro y películas, de manera muy parecida a como los norteamericanos cuentan los episodios de la guerra de la independencia y del salvaje oeste.

Los hombres del clan Minamoto fueron los vencedores de las guerras Gempei. Su líder, Minamoto Yoritomo se convirtió en el primer *shogun* o sogún, o dictador militar, de Japón. A partir de ese momento y durante siglos, el emperador de Japón gobernó sólo nominalmente. El verdadero poder residía en el sogún.

Minamoto Yoritomo fue un gran hombre de estado pero un líder falto de carisma. Hoy en día, es el hermano de Yoritomo, Minamoto Yoshitsune, quien es recordado como el perfecto guerrero samurái.

***

Una nota sobre los nombres japoneses: en Japón es costumbre que el apellido, o nombre de la familia, aparezca primero seguido del nombre propio. *Minamoto*, por ejemplo, es el apellido, como *González*, mientras que *Yoritomo* es el nombre propio. Con frecuencia, los nombres propios en una familia japonesa comienzan con el mismo sonido, como Yori o Yoghi. Un ejemplo comparable en castellano sería una familia de apellido *González* que llamase a sus hijos «González Juana», «González José» y «González Jaime».

ENFRENTAMIENTO ENTRE
LOS SEÑORES DE LA GUERRA

El poder del emperador se había visto tremendamente debilitado con el ascenso de los clanes samuráis. Los dos más poderosos, el Minamoto y el Taira, habían sido rivales durante mucho tiempo. Los Minamoto eran conocidos por su labor poniendo fin a rebeliones en el norte y en el este, mientras que los Taira eran expertos en derrotar a los piratas que asolaban las rutas comerciales hacia China. Los Taira se hacían preceder de una bandera de color rojo. El color de la de los Minamoto era el blanco.

En 1160, el clan Minamoto atacó el Palacio Imperial en Kyoto. Fueron derrotados por Kiyomori, líder de los Taira, que tomó el control de la capital.

Kiyomori ordenó la ejecución del líder de los Minamoto, Yoshitomo, y de todos sus hijos. Yoshitomo fue ejecutado. Pero Kiyomori, impactado por la hermosura de la esposa de Yoshitomo, Tokiwa, accedió a dejar a sus hijos con vida si ella estaba dispuesta a convertirse en su concubina. De manera que el hijo mayor, Yoritomo, de catorce años, que había luchado junto a su padre, fue enviado a la provincia oriental de Izu para ser educado por los Taira. Mientras que el más joven, Yoshitsune, todavía un niño, fue enviado a un monasterio donde acabaría convirtiéndose en sacerdote.

Taira Kiyomori se arrepentiría más tarde. Ya que los jóvenes cuyas vidas había perdonado regresarían algún día para vengarse.

LAS HAZAÑAS DE YOSHITSUNE

A medida que se aproximaba a la edad adulta, Minamoto Yoritomo estudiaba política y estrategia militar bajo la mirada atenta de sus implacables enemigos, los Taira. La infancia de su hermano Yoshitsune, sin embargo, discurría de manera bastante diferente. De hecho, hoy en día, la vida de Yoshitsune ha pasado a ser parte historia, parte leyenda.

Siendo aún niño, Yoshitsune fue enviado a un remoto templo en el Monte Kurama. Se cuenta que a la edad de once años, al saber de su pasado, decidió derrotar a los Taira y secretamente inició el estudio de las artes marciales. La leyenda dice también que Yoshitsune se escapaba del monasterio al anochecer para ser instruido por Sojobo, rey de los *tengu*. Los tengu, pequeños duendes montaraces que eran mitad pájaro mitad hombre, usaron la magia para enseñar al niño el arte de la espada, del arco y de la flecha, y otras disciplinas. Tan pronto como Yoshitsune asestaba un golpe con la espada, su maestro se desvanecía, para reaparecer al momento riéndose en lo alto de un árbol. El discípulo lanzaba una flecha, pero el tengu la hacía caer ayudado de un abanico de hierro. Un tengu aparecía delante de él, mientras que otro le atacaba desde detrás. Entrenándose noche tras noche, Yoshitsune se convirtió en un guerrero de extraordinaria intuición, velocidad y destreza.

Hay muchas historias sobre las aventuras de Yoshitsune tras su fuga de los monjes del Monte Kurama. La más popular es la historia de su encuentro con el gigante que se convertiría en su compañero para toda la vida: Benkei.

Benkei era un monje guerrero: un feroz luchador con la *naginata*, una lanza de hoja curva, el arma tradicional de los monjes japoneses. Poseía además unas dimensiones colosales. El pasatiempo de Benkei era coleccionar espadas. Cada día esperaba en el Puente Gojo a los guerreros que querían cruzar. Les invitaba a luchar y a «recoger» sus espadas. Tenía ya 999 y quería 1000.

Un día, Benkei avistó a un agraciado muchacho con una espada magnífica. El joven estaba sentado bajo un árbol al otro lado del puente, tocando tranquilamente la flauta. Benkei se sentía defraudado porque su espada número 1000 fuera a ser tan fácil de conseguir, algo así como quitarle sus caramelos a un niño. Pero quería acabar su colección.

«Dame tu espada», le ordenó Benkei. «Simplemente ponla en el suelo y márchate». Para su sorpresa, el joven le ignoró.

«Haz lo que te digo o tendré que aplastar tu cabeza», gruñó el gigante. Pero la dulce melodía de la flauta prosiguió.

Benkei empuñó su naginata y atacó, pero para su sorpresa, en vez de alcanzar al muchacho, la clavó en el árbol. El chico había saltado sobre la barandilla del puente, donde se mantenía tranquilamente en equilibrio.

Benkei golpeó otra vez y de nuevo el muchacho evitó su golpe. ¡Era como si le hubiese dado justo a la barandilla opuesta del puente! Más rápido cada vez y con más dureza, Benkei golpeó, pero de nuevo su espada sólo se enfrentó al aire. Pronto el gigante se sintió extenuado y se detuvo para tomar aliento. El joven, que no parecía en absoluto cansado, sacó un pequeño abanico de los pliegues de su ropa. Se abanicó por un instante, como aburrido por la pelea. Entonces, con un giro de muñeca dejó volar el abanico que golpeó al gigante directamente en la cabeza.

A partir de ese día, Benkei llamó al joven su señor. El muchacho por supuesto era Yoshitsune.

LAS GUERRAS GEMPEI

En 1180, el nieto de tres años de Kiyomori, Antoku, se convirtió en emperador, aunque Taira Kiyomori continuó gobernando Japón *de facto*. Apenas pensaba ya en los herederos de Minamoto a los que había expulsado veinte años antes. De forma que le sorprendió mucho oír que los Minamoto estaban planeando un levantamiento contra el clan de los Taira.

El primer ataque fue un desastre para los Minamoto. Su reducida tropa estaba dirigida por un veterano soldado de 74 años de edad, Minamoto Yorimasa y compuesta por un grupo de monjes guerreros. Al ser descubiertos sus planes con antelación, las fuerzas de los Minamoto se vieron atrapadas en una ciudad llamada Uji, en la cuenca del río Uji, en el camino entre Kyoto y Nara. Perseguidos por los Taira y superados ampliamente en número, los Minamoto idearon un plan. Cruzaron el puente Uji y desmontaron 60 pies de tablas de madera. Al amanecer, envueltos en niebla, los samuráis Taira galoparon hasta el borde del río y alzaron su grito de guerra. Los Minamoto respondieron. Así que los jinetes Taira cruzaron en tropel por el puente y cayeron por el agujero a la veloz corriente del río.

El cielo sobre las aguas apareció pronto cubierto de flechas y muchos fueron los que libraron un bravo combate sobre el puente roto. Pero la suerte de los Minamoto no duró mucho. Cogiéndose de las manos, bajaron la cabeza frente a los arqueros de Minamoto, y así las fuerzas de los Taira lograron vadear el río y atacaron. Minamoto Yorimasa, herido y vencido, compuso un poema en el reverso de su abanico. Tras lo cual atravesándose el abdomen con su daga se suicidó a la manera tradicional o *seppuku*, ordenando antes que hundiesen su cabeza en el río para que sus enemigos no pudieran reclamarla. Durante siglos, Yorimasa fue recordado como un modelo de compostura y de nobleza en la derrota, la más noble de las muertes para un samurái.

La batalla sobre el Puente Uji

La guerra se recrudeció. Las fuerzas de Minamoto fueron diezmadas y los Taira parecían ir ganando. Pero Minamoto Yoritomo, ahora mayor de edad, siempre escapaba. En su lecho de muerte en 1181, Taira Kiyomori ordenó a sus hombres que no rezasen por él, sino que en su lugar se afanasen en traerle la cabeza de Yoritomo para colocarla sobre su tumba.

Yoritomo había instalado su cuartel general en Kamakura. Allí, se reunió con su hermano menor Yoshitsune. El poder de Yoritomo crecía y empezó a llamarse a sí mismo Señor Kamakura. Pero pronto encontraría que tenía un rival en su propia familia. Su primo Minamoto Yoshinaka estaba llevando a cabo grandes incursiones contra los Taira. En 1183, los Taira huyeron de la capital, retirándose a su territorio en Honshu occidental y a las islas de Shikoku y Kyushu. Se llevaron consigo los emblemas imperiales —el espejo, el collar adornado de piedras preciosas, y la espada— al niño emperador Antoku, que no alcanzaba todavía los seis años de edad, y a la mayor parte de la familia real. Yoshinaka entró en Kyoto triunfante.

Pero Yoshinaka era un rudo soldado del campo y sus samuráis saquearon Kyoto. En 1184, Yoritomo envió a Yoshitsune para vencer a su primo. Yoshinaka levantó las láminas del Puente Uji con la esperanza de que el truco volviera a funcionar pero los hombres de Yoshitsune cruzaron el río siguiendo la corriente y tomaron la capital. Yoshinaka fue decapitado.

Una vez asegurado Kyoto, los Minamoto querían poner fin al clan de los Taira de una vez por todas. Yoshitsune lideró muchos combates brillantes, aplastando muchos asentamientos Taira e incendiando sus campamentos. Los Taira eran poderosos y controlaban las aguas del Mar Interior. Pero a medida que sus bajas aumentaban, algunos de los jefes samuráis marineros se unieron a los Minamoto.

DAN-NO-URA

En 1185, los Taira reunieron todos sus barcos en un estrecho entre las islas de Kyushu y Honshu, cerca del pueblo de Dan-no-ura. Debido a su mayor experiencia bélica en el mar, aprendida por llevar generaciones peleando contra piratas, los Taira estaban seguros de que aplastarían rápidamente los barcos de los Minamoto. Estaban tan seguros de que la batalla sería tan corta que acabaría antes de que subiera la marea.

Al principio, los Taira parecían ir ganando. Un general Taira logró abrirse paso hasta el barco de Yoshitsune y estuvo a punto de capturar al héroe, pero Yoshitsune dio un extraordinario salto hasta un barco próximo y el general Taira encontró la muerte al caer al mar. La batalla continuó y la marea empezó a subir.

Al cambiar la marea, los barcos Taira se quedaron atrapados entre los barcos de los Minamoto y la orilla. De repente los Taira se vieron forzados a ir hacia la orilla. Yoshitsune ordenó a sus hombres que dirigieran sus flechas contra los timoneros en lugar de contra los arqueros de cubierta. Pronto las naves de los Taira estuvieron a la deriva, sin posibilidad de control. El mar estaba teñido del rojo de la sangre derramada. Finalmente, uno de los capitanes Taira arrió la bandera roja de los Taira y navegó para unirse a los Minamoto. El capitán reveló a Yoshitsune cuál era el barco que llevaba al niño emperador y las insignias reales.

Yoshitsune dirigió toda la fuerza de sus guerreros contra ese único barco.

Tomomori, el comandante Taira, sabía que estaba todo perdido. Informó al joven emperador de que el suicidio era la única respuesta honorable. La abuela del niño, la viuda de Kiyomori, tomó al emperador de ocho años en sus brazos, oraron juntos por última vez y saltó con él al mar revuelto.

La tragedia siguió. Los siguientes en saltar fueron otros miembros de la familia imperial y muchos samuráis Taira. Cuando una de las damas de la corte estaba a punto de saltar, una flecha sujetó su falda al barco y soltó el cofre que portaba sobre la cubierta de la nave. Los guerreros de Minamoto rescataron el cofre. Dentro encontraron el espejo sagrado, una de las joyas reales. Más tarde los buceadores de Yoshitsune recuperaron también el collar del fondo del mar. Pero la legendaria espada sagrada se perdió para siempre.

El último en saltar fue Tomomori, el general Taira, que colocándose dos capas de una armadura muy pesada, siguió a sus hombres hacia el bravo oleaje.

Como jefe del clan Minamoto, Yoritomo se convirtió en el sogún de Japón. Pero durante años los marineros evitaron las costas de Dan-no-ura donde se decía que ejércitos de fantasmas acechaban desde el mar. Todavía se cuentan historias sobre los nobles Taira, o Heike, y se cree que los espíritus de los samuráis que fueron asesinados en Dan-no-ura viven en los cangrejos Heike que llevan el dibujo de rostros humanos en su concha.

Yoshitsune se reveló como un héroe y demostró gran lealtad a su hermano y a su clan. Pero Yoritomo era un político, no un general. Se sentía amenazado por la popularidad y la fuerza de Yoshitsune. Finalmente, los celos hacia su hermano menor fueron tan fuertes que ordenó que le matasen dándole caza como a un animal.

Yoshitsune escribió cartas a Yoritomo jurándole lealtad y suplicándole que le perdonase, pero no valió de nada. Se dice que escapó a los ejércitos y los espías de su hermano con su fiel Benkei, que se encontró con fantasmas y que tuvo innumerables aventuras. Pero finalmente fue atrapado por las fuerzas del sogún. Mientras Benkei resistía empuñando con destreza su naginata, Yoshitsune se retiró para suicidarse en privado. El gigante quedó inmóvil y sólo cuando un samurái a caballo se atrevió a pasar cerca del fiero Benkei se dieron cuenta de que estaba muerto. El gigante simplemente se desplomó.

Yoritomo continuó gobernando solo. Pero algunos dicen que estaba atormentado por la manera en que había tratado a su hermano. En 1199 mientras desfilaba a caballo cayó al suelo repentinamente sin razón aparente. Según la leyenda murió de terror, porque el fantasma de Yoshitsune había aparecido ante él.

El castillo de Osaka construido en 1583 por Hideyoshi

III
El cénit de los samuráis

LAS INVASIONES MONGOLAS

Una leyenda japonesa defiende que Yoshitsune no murió
después de todo en 1189, sino que escapó a China donde
se unió a los mongoles y cambió su nombre por el de
Genghis Khan.

Genghis Khan fue uno de los mayores conquistadores
de la historia. Unió a las tribus mongoles de China y a su
muerte gobernaba un imperio que se extendía desde Asia
hasta el este de Europa. Su nieto Kublai Khan intentó
invadir Japón y casi lo consiguió.

La primera invasión mongol tuvo lugar en 1274. Fue
una dura prueba para los guerreros samuráis que se
encontraron con que sus enemigos no mostraban ningún
interés por sus formas tradicionales de hacer la guerra.
En lugar de enfrentarse de manera honorable a un igual,
los guerreros mongoles mataban a mujeres y niños ino-
centes. Pero los samuráis lucharon valientemente y los
mongoles se retiraron.

La segunda invasión mongol se produjo en 1281. Esta vez la flota mongol era enorme. Mientras los samuráis rechazaban un ataque mongol en las playas, un emisario imperial fue enviado para pedir a la diosa solar que intercediera por ellos. Aquella noche los cielos se oscurecieron y un intenso tornado comenzó a soplar. Las olas se elevaban altas y caían golpeándose estruendosamente contra el mar. Los barcos mongoles zozobraban sobre las olas como si de muñecos se tratara. Poderosos vientos los empujaban contra las rocas reduciéndolos a astillas. La tormenta recibió el nombre de *kamikaze* o «viento divino».

Seis siglos pasaron antes de que ningún extranjero se atreviera a intentar de nuevo la conquista de Japón. Pero el país permaneció dividido por las guerras civiles. Las guerras se hicieron tan numerosas que el periodo que va de 1467 a 1568 es conocido como la Edad de la Guerra.

LA EDAD DE LA GUERRA

A mediados del siglo XV, Japón estaba compuesta de muchos pequeños estados. Cada uno de estos estados estaba gobernado por un *daimio*, un poderoso hacendado que controlaba su territorio desde un castillo fortificado. Al servicio de cada daimio estaba su ejército samurái personal así como sus tropas de campesinos conocidas como *ashigaru*, que significa «pies ligeros».

Los daimio estaban constantemente en guerra los unos contra los otros. A mediados del siglo XVI, el emperador no tenía ni poder ni dinero y la función del sogún había perdido su sentido primitivo. Ningún daimio era lo suficientemente poderoso como para unir Japón.

Entonces en 1543 Japón recibió de nuevo la visita de los extranjeros. Esta vez eran los portugueses que trajeron algo nuevo con ellos: mosquetes, las primeras armas de fuego que veían los japoneses. Los portugueses no

Este cuadro muestra monjes portugueses de nariz alargada orando en el templo del dios cristiano.

habían ido para conquistar Japón sino para comerciar. Un poderoso señor le dio a su armero un mosquete para que lo copiara. El armero estaba desconcertado, pero en lugar de defraudar a su señor, vendió a su hija a cambio de una serie de lecciones de armería. Pronto los japoneses fueron capaces de fabricar sus propias armas de fuego.

Un valiente samurái, Oda Nobunga, que había comenzado su carrera como un jefe menor, fue lo suficientemente astuto como para reconocer el valor de las armas de fuego para la guerra. A fecha de su muerte en 1583, a causa de una herida de bala, controlaba la mayor parte de Japón. (Para más información ver «La Batalla de Nagashino: 29 Junio 1575», en la página 99).

A Nobunaga le sucedió uno de sus generales, Toyotomi Hideyoshi. Hideyoshi era un hombre pequeño del que se dice que parecía un mono, pero en el campo de batalla era semejante a un dios. Su magnífico casco estaba decorado con un penacho de un rojo vivo que rodeaba su cabeza como los rayos del sol. En solo diez años Hideyoshi logró unir todo Japón. Antes de su muerte, se había vuelto tan seguro de sus habilidades como conquistador que invadió Corea sin éxito. Algunos dicen que había sido poseído por un zorro, una educada manera de decir que estaba loco. Pero no se podía negar su poder.

En 1586, Hideyoshi terminó de construir el castillo de Osaka, uno de los mayores edificios del mundo en su tiempo. Los muros estaban decorados con las pinturas más bellas y las habitaciones enteras estaban llenas de plata y oro. Sin embargo todas las riquezas del mundo no podían comprar la última voluntad de Hideyoshi. En su lecho de muerte en 1598 suplicó a sus generales que juraran lealtad a su único hijo y heredero, Hideyori. Entonces, como si supiera que nada puede durar para siempre, Hideyoshi compuso un poema de despedida:

> *¡Ah! Caigo como el rocío,*
> *como el rocío me desvanezco.*
> *Incluso la fortaleza de Osaka*
> *es un sueño dentro de un sueño.*

Hideyori, el nuevo mandatario, sólo tenía cinco años. Poco tiempo después de la muerte de Hideyoshi sólo la mitad de sus seguidores continuaban apoyando al joven Hideyori. Los demás unieron sus fuerzas al general más respetado de Hideyoshi, Tokugawa Ieyasu.

Ieyasu era brillante y ambicioso. Había librado su primera batalla como joven samurái a los 17 años. Ahora era un experimentado general en la cincuentena. Estaba preparado para gobernar Japón. Pero Ieyasu era, sobre todo, un hombre paciente. En 1600 derrotó a los seguidores de Hideyori en la mayor batalla jamás librada entre samuráis, la Batalla de Sekigahara. Fue un triunfo. Pero Ieyasu no intentó todavía sacar a Hideyori del castillo de Osaka. En lugar de eso, en 1603 se dirigió al emperador de Japón y reclamó el título de sogún. Tras lo cual gobernaría desde la ciudad de Edo (hoy Tokio).

Como dictador militar, Ieyasu hizo construir un muro alrededor del Palacio Imperial de Kyoto. Su fin, según él, era proteger al emperador y a las 300 familias nobles que vivían dentro. Allí, entre tranquilos jardines y grandes riquezas, los cortesanos podían leer, escribir, pintar y estudiar, como en un mundo de ensueño. Pero a nadie se le permitía salir sin permiso de Ieyasu. De manera que era imposible que nadie pudiera conspirar contra él.

Tokugawa Ieyasu llevó a término muchos otros cambios durante su reinado como sogún. Su gobierno estaba bien organizado y sus normas eran rígidas. Suspendió la fabricación de armas de fuego y potenció una vuelta a la espada como la única arma honorable. (Para más información ver «Una vuelta al arte tradicional», página 109). Controló de manera severa el comercio extranjero, para impedir que ningún señor se hiciera demasiado poderoso. Bajo sus sucesores se vetó la entrada a los extranjeros en Japón, hasta que el comercio fue reestablecido en 1854.

Durante el mandato de Ieyasu las clases sociales estaban rígidamente divididas. El gobierno decidía como podía vestir cada clase y cual debía ser su comportamiento. Los samuráis eran la clase dominante. Debajo de ellos estaban los campesinos, los artesanos y finalmente los mercaderes.

Los samuráis no fueron siempre ricos. Su riqueza dependía de la cantidad de tierra que controlaban. Pero eran temidos y respetados. Sólo les estaba permitido a los hijos de los samuráis convertirse a su vez en samuráis y sólo los samuráis podían llevar dos espadas. Un samurái tenía el poder de matar o deshacerse de alguien que estuviera bajo su dominio por cualquier motivo. Pero esta autoridad conllevaba una responsabilidad. Un samurái era duramente castigado, incluso se le ordenaba suicidarse, si perdía el honor.

Ieyasu, que había peleado en 80 batallas a lo largo de su vida, también animaba a sus guerreros a apreciar las cosas bellas: la poesía, la ceremonia del té, la salida de la

Tokugawa Ieyasu

luna, el perfume del cerezo en flor. El verdadero samurái era un hombre de gustos refinados.

En 1614 después de gobernar durante 14 años, Ieyasu estaba preparado para retar a Hideyori. Sitió el castillo de Osaka en una de las campañas militares más famosas de Japón. En esto también tuvo éxito Ieyasu y Hideyori, atrapado en la torre dorada que su padre había construido, se suicidó. Entonces Ieyasu mandó decapitar al hijo de Hideyori y a muchos de sus samuráis para impedir cualquier rebelión posterior.

Dos años después de su victoria, a la edad de 74, Ieyasu murió. Un verdadero samurái hasta el final, murió blandiendo una espada en su lecho de muerte. Después de la cual fue proclamado dios: Toshogu, el Dios Sol del Este.

Ieyasu no sufrió el mismo infortunio que su predecesor Hideyoshi. Aseguró la sucesión pacífica de su hijo, un general capaz por sí mismo, y miembros de la familia Tokugawa gobernaron como sogunes durante más de 250 años.

UN CASTILLO JAPONÉS

Los castillos japoneses eran lo suficientemente espaciosos como para albergar al daimio, su familia y a la totalidad de su ejército samurái. Normalmente estaban construidos sobre una colina, tanto natural como hecha por el hombre. Los cimientos estaban hechos de roca y formaban muros empinados e irregulares. Esto servía para proteger los castillos de los terremotos, pero los hacía también más fáciles de escalar. Para evitar que los atacantes escalaran las murallas, los señores de la guerra construían agujeros secretos y puertas trampa a través de las cuales podían verter agua hirviendo y rampas a través de las cuales podían arrojar toneladas de roca. Dentro del recinto amurallado, existía frecuentemente un foso o niveles adicionales de muros que conducían al edificio principal: el torreón.

El torreón del castillo estaba hecho de madera pero quedaba generalmente a salvo de las llamas porque era muy difícil llegar hasta él. El torreón tenía muchas plantas, con enormes techos curvados tan gráciles como las alas de un pájaro, cubiertos de tejas blancas o azules. Escondidas entre las ventanas y los muros había aberturas para las flechas y los mosquetes.

En su interior, el castillo japonés era tal laberinto de patios, habitaciones y pasadizos construidos hábilmente de manera que el invasor podía quedar atrapado en cada sección por un complicado sistema de puertas.

En el centro de la fortaleza había lujosos apartamentos donde vivían los señores con sus esposas e hijos. Otros pisos contenían habitaciones del trono, despensas y barracones para los soldados y los sirvientes.

Los castillos japoneses estaban construidos para resistir un ataque. Algunos perecieron pasto de las llamas, pero muchos otros fueron destruidos por las bombas de la Segunda Guerra Mundial. Hoy sólo unos pocos quedan en pie.

EL SITIO DEL CASTILLO DE OSAKA, 1614

Asaltar un castillo japonés era una tarea larga y costosa. Los combates terminaban siendo normalmente salvajes y sangrientos. Los ataques sorpresa resultaban difíciles de organizar porque los castillos solían tener torres vigía, de manera que los guerreros tenían que transportar enormes escalas a los muros exteriores o bien intentar hacer un túnel debajo de ellos. A veces el mejor plan era simplemente bloquear los suministros y dejar que el enemigo muriera de hambre.

El sitio del Castillo de Osaka duró casi un año. El castillo tenía tres plantas que defender, tres fosos y ríos en tres lados. Estaba defendido por 120.000 hombres leales a Hideyori y deseosos de obtener la cabeza de Tokugawa Ieyasu.

La primera orden del día de Ieyasu fue capturar las atalayas del castillo. Después construyó torres de asalto y arietes y atacó el castillo durante tres días, mientras sus minadores intentaban construir un túnel debajo de las torres exteriores.

Pero nada de esto funcionó. El castillo estaba bien pertrechado y era el final del invierno.

Ieyasu sabía que tendría que recurrir al engaño. Sobornó a un traidor para que abriese las puertas del castillo. Pero el hombre fue decapitado antes de lograrlo. Así que Ieyasu volvió sus cañones hacia el ala de las mujeres, donde la madre de Hideyori, Yodogimi, vivía.

Las mujeres eran incapaces de dormir. Una bala de cañón arrasó el gabinete del té de Yodogimi, matando a dos de sus criadas, mientras que 100.000 samuráis gritaban dando fuertes alaridos desde las murallas que habían construido fuera de las habitaciones de Yodogimi.

Hideyori, presionado por su madre y temiendo que el castillo hubiera sido debilitado, aceptó llegar a un acuerdo: Ieyasu disolvería su ejército y garantizaría la seguridad de Hideyori a condición de que Hideyori aceptase no atacarle y de que a la sazón se inundase el foso exterior del castillo.

Ieyasu fingió disolver sus fuerzas y les ordenó en su salida desmantelar la muralla exterior del Castillo de Osaka y usarlo para rellenar el foso exterior. Después, a pesar de la objeción de los comandantes de Osaka, comenzaron a rellenar el segundo. Ieyasu fingió que debían de haber malinterpretado sus órdenes. Pero las

Las tropas de Ieyasu capturan el Castillo de Osaka

defensas del Castillo de Osaka habían sido reducidas a un solo foso y una muralla.

Al verano siguiente, los hombres de Hideyori fueron tras Ieyasu. Pero su ataque no resultó y esta vez la estrategia de batalla y la técnica de asedio de Ieyasu funcionaron. El castillo de Osaka se incendió. Atrapados en su interior, Hideyori y Yodogimi se suicidaron.

El ronin

IV
Historias del ronin

El ronin

Bajo los sogunes Tokugawa muchos de los daimios menores fueron exiliados y sus ejércitos fueron disueltos, dando lugar a una clase de samuráis sin señor. Éstos recibieron el nombre de *ronin*, que significa «hombre ola», alguien que va de un lugar a otro como llevado por las olas del mar.

El ronin no tenía ni clan ni señor y con frecuencia se les trataba como marginados. Tenían que arreglárselas solos y recorrían el país en busca de trabajo. Pero al estar libres de la obligación de servir a un señor, muchos ronins se hicieron tremendamente independientes. En esto eran diferentes a cualquier otro samurái cuya lealtad estaba siempre comprometida con su señor.

Algunos ronins aterrorizaban a los campesinos en las aldeas. Otros eran contratados para proteger los pueblos o servían a adinerados mercaderes como guardaespaldas. Algunos daban lecciones de *bujutsu*, artes marciales. Y algunos alcanzaron la fama como maestros espadachines. Uno de tales ronins fue quizá uno de los samuráis más famosos de todos: Miyamoto Musashi.

MIYAMOTO MUSASHI

Miyamoto Musashi es conocido hoy en Japón como Kensei o «El Santo de la Espada». Nació en 1584 y creció bajo el gobierno de Tokugawa Ieyasu. Huérfano a la edad de 7 años, Musashi fue criado por un tío que le animó a estudiar el arte del *kendo*, el Camino de la Espada.

Un maestro de kendo aspiraba a fundirse en uno con su espada, hasta que no hubiera ni espada, ni ira, ni miedo. Un maestro se movería sin pensar, tratando a su enemigo como a un huésped al que honrar, incluso en el momento de la derrota.

El joven Musashi era fuerte y agresivo. Estudió la técnica de la espada y en su primer duelo, a la edad de 13 años, mató a su oponente samurái.

En los tiempos de Musashi, cada daimio mantenía un *dojo* o escuela de artes marciales donde se entrenaban sus guerreros. Los ronins recorrían los campos retando a los miembros de estas escuelas y a sus maestros, o *sensei*, a duelos. A los 16 años, Musashi abandonó su hogar para retar a espadachines de todo Japón. A la edad de 28 años, había combatido en más de 60 duelos y había ido a la guerra seis veces, luchando contra Ieyasu en la Batalla de Sekigahara, la mayor batalla entre samuráis de todos los tiempos.

El duelo más famoso de Musashi fue con Sasaki Kojiro. Kojiro era un joven samurái que había desarrollado una nueva técnica con la espada basada en los movimientos de la cola de la golondrina al volar. El combate estaba programado para las ocho de la mañana en una isla desierta.

La noche anterior al duelo, Musashi cambió de alojamiento, alimentando con ello el rumor de que huía para salvar su vida. A la mañana siguiente, los testigos y su contrincante estaban reunidos en la isla. Pero Musashi no apareció. Se envió un testigo a buscarlo y le encontraron dormido.

Musashi se levantó y sin lavarse ni peinarse se fue directo a la barca que le estaba esperando para llevarle a la isla. De camino al duelo, se sujetó el pelo en lo alto con una toalla y se recogió las mangas de su kimono con unas cuerdas de papel. Tras lo cual talló una espada de madera de un remo que le sobraba y se tumbó para descansar.

Cuando la barca se acercaba a la orilla, Musashi saltó al agua y salpicó a su enemigo. Kojiro que, elegantemente vestido, esperaba circunspecto, sacó su espada.

«No volverás a tener necesidad de eso», dijo Musashi apoyando su remo a un lado. Kojiro, enfurecido, asestó un golpe con su espada hacia donde estaba Musashi. La toalla que envolvía el pelo de Musashi cayó al suelo cortada en dos por la espada de Kojiro. En ese mismo momento, Musashi desplazó el remo hacia arriba describiendo un único y veloz arco, bloqueando la estocada, acto seguido golpeó con su remo la cabeza de Kojiro. Kojiro se desplomó hacia delante cortando con su espada el dobladillo del kimono de Musashi al caer. El joven samurái estaba muerto. Musashi dio un paso atrás, hizo una educada reverencia a los sorprendidos testigos y se marchó en su barca.

Después de su duelo con Kojiro, Musashi dejo de usar espadas de verdad en los duelos. Su habilidad era tal que era ya una leyenda en su tiempo. Pero a los 30 años decidió que había ganado todas las pruebas a base de pura técnica, no de estrategia. Así que deambuló de provincia en provincia, practicando para perfeccionar su estrategia. Se dice que ofrecía un aspecto terrible porque nunca se bañaba, ni acicalaba sus cabellos ni se preocupaba de sus ropas: nadie le pillaría por sorpresa desarmado.

A la edad de 50 años, se estableció en la isla de Kyushu donde se dedicó a la enseñanza, la poesía, el dibujo a la tinta, y la escultura. Durante unos años, vivió como huésped de un señor en su hermoso castillo. Pero durante los últimos años de su vida se retiró a una cueva para vivir como un ermitaño. Allí practicó la meditación y escribió su obra maestra, *Un libro de cinco anillos*, una guía sobre estrategia que todavía es leída por estudiantes de kendo y de negocios.

La historia de los 47 ronins

Ninguna historia simboliza mejor los ideales de los samuráis de honor, entrega y lealtad que *La historia de los 47 ronins de Ako*.

En el año 1701, el sogún planeaba recibir en su castillo a tres embajadores del emperador de Japón que presentarían los saludos de Año Nuevo. Sería una ocasión formal que requeriría ceremonias elaboradas.

El sogún encargó al noble Asano que encabezase las ceremonias, pero éste, que era de la provinciana ciudad de Ako, no estaba familiarizado con las intrincadas costumbres

Una escena de Los 47 ronins

de la corte. De forma que tendría que depender de los consejos del Maestro de protocolo de la corte del sogún, Kira Yoshinaka.

El noble Asano envió a Kira regalos en pago por su ayuda. Kira no estaba satisfecho con dichos presentes pero no dijo nada. En su lugar, fingió querer ayudar pero en realidad ignoraría al noble Asano, o peor aún, le diría algo equivocado. Así, el noble al llegar a la corte vestido con pantalón corto, tal y como Kira le había aconsejado, se encontró con que todos llevaban pantalón largo.

El noble Asano intentó hacerlo lo mejor que pudo pero, en la ceremonia de despedida, quedó profundamente avergonzado al colocarse en el lugar erróneo. Kira no le estaba ayudando. Encolerizado, Asano lanzó su wakizashi y le hizo un corte a Kira en la frente.

El sogún se puso furioso: incluso sacar un arma en la corte era una grave ofensa. Ordenó al noble Asano realizar la ceremonia del *seppuku*, el nombre formal para el harakiri. El noble escribió su poema de despedida y se suicidió. Sus tierras fueron confiscadas y sus 47 samuráis se convirtieron en ronins.

La ceremonia de seppuku

Los 47 juraron que vengarían la muerte de su señor, a pesar de que sabían que el sogún también les ordenaría que se suicidasen si lograban matar a Kira. Pero para un samurái la vida es corta, como un cerezo, florece para marchitarse después. El honor es más importante.

Kira sospechaba un complot y tenía hombres vigilando. Así estuvo durante dos años, los ronins fingían llevar vidas disolutas, emborrachándose de taberna en taberna y malgastando el tiempo en mujeres.

Una noche en que nevaba, vestidos con una armadura que habían fabricado en secreto, los 47 ronins se colaron en la mansión de Kira y le cortaron la cabeza. Envolviendo

Los 47 ronins cobrando su venganza

su truculento trofeo en un paño blanco, lo depositaron sobre la tumba del noble Asano con un mensaje que reclamaba su autoría.

Tal y como esperaban, el sogún ordenó su suicidio. Y en 1703, los ronins llevaron a cabo su orden.

La gente de Japón declaró a los 47 ronins héroes y fueron enterrados cerca de su señor, Asano. Todavía hoy la gente visita su tumba y su historia es contada en libros, obras de teatro y películas.

MUSASHI Y LAS MOSCAS

Un día, tres ronins estaban cenando en una posada cuando otro samurái se sentó a comer a cierta distancia de ellos. Sus ropas estaban ajadas y sucias y su pelo desordenado. Pero en su cinto llevaba dos hermosas espadas, decoradas con oro y piedras preciosas. El hombre parecía un mendigo pero las espadas valían una fortuna. De forma que los ronins decidieron que provocarían al extraño para que pelease, se le echarían encima y le robarían.

Alzando la voz, empezaron a insultar al extraño samurái. «¡Menudo mamarracho!» dijo uno. «Sus antepasados debieron ser cerdos», dijo otro. Reían a carcajadas.

Pero el extraño ni les miró. No parecía siquiera darse cuenta de las moscas que volaban alrededor de su cabeza, mientras comía tranquilamente su arroz con los palillos.

Las voces de los ronins se hicieron más altas e insultantes. Pero el extraño samurái simplemente se limitó a terminar su arroz y a poner su cuenco a un lado. Después sin levantar la cabeza, movió en el aire los palillos. ¡Zip...zip...zip...zip! Con cuatro movimientos precisos atrapó a las moscas en el aire y las puso en su cuenco. No hubo ni un zumbido más.

Y la taberna también se quedó en silencio. Ya que los tres ronins, al reconocer al maestro, habían huido.

El samurái, por supuesto, era Miyamoto Musashi.

El samurái en su jardín

V
La vida diaria de un samurái

LA CASA DEL SAMURÁI Y SU JARDÍN

Las casas de los samuráis eran de madera, con altos techos de paja apoyados sobre pilares. Las paredes del interior de la casa consistían en ligeros paneles movibles que se desplazaban a través de guías dispuestas en el suelo, de manera que era posible cambiar la forma y el tamaño de las habitaciones. Los muros exteriores más resistentes estaban hechos de bambú y recubiertos de yeso. A excepción de la cocina, que tenía el piso de tierra, los de madera estaban separados del suelo para mantener la casa seca y aireada. Sobre ellos se colocaban esteras rectangulares de paja llamadas *tatami*. Hoy en día todavía se usan los tatamis. Siempre tienen la misma medida (alrededor de dos metros de largo por uno de ancho). Los japoneses miden sus habitaciones por el número de tatamis que necesitan para cubrirlas.

Las casas de los samuráis estaban decoradas de una manera muy sencilla, a base de elegantes biombos, mesas bajas y cojines. La ropa se guardaba en arcones de madera, mientras que las sábanas y los colchones podían enrollarse y guardarse en armarios.

La habitación principal siempre disponía de una hornacina a una altura superior llamada *tokunoma*, en la cual se exhibía algún objeto de especial belleza: un pergamino, una pintura, un arreglo floral o una pieza de cerámica, sobre la cual podían meditar su dueño y los huéspedes. Los samuráis usaban esta habitación para recibir a sus invitados y celebrar la ceremonia del té.

El tamaño de la casa de un samurái dependía de su riqueza y de su rango. La riqueza de un samurái no se medía en dinero sino en *koku*, la cantidad de arroz que producían sus plantaciones. Un koku era la medida de arroz necesaria para alimentar a una persona durante un año. Los campesinos que trabajaban en los campos vivían en humildes poblados situados en las propiedades del samurái. Durante los tiempos de guerra, un samurái podía requerir de estos hombres que le acompañasen en la batalla.

Las propiedades de una samurái poderoso corrían siempre el riesgo de ser atacadas. De manera que el complejo donde residía incluía un patio, establos para los caballos y edificaciones anexas para alojar a sus guerreros. Rodeándolo todo había un muro alto y las entradas eran vigiladas por los mejores arqueros apostados en una torre vigía. Si sospechaba un ataque, ordenaba a sus hombres cavar un foso alrededor de la muralla y recubrir los tejados con barro para protegerlos de las flechas incendiarias.

Ya fuera en tiempo de guerra o de paz, un samurái intentaba encontrar la paz dentro de sí mismo a través de la meditación. Con frecuencia, buscaba la tranquilidad de su jardín o de su casa de té privada situada en el mismo. Los jardines de los samuráis eran obras de arte diseñadas con flores y árboles, contrastes de luces y sombras, estanques de agua, o simplemente arena y rocas, todo ello en un esfuerzo por representar verdades acerca de la naturaleza de la vida. Un samurái hizo un jardín enteramente de arena. Lo dispuso de tal manera que fluyera como el agua, para simbolizar así los distintos estados del ser. La arena fluía de los cielos montañosos, un símbolo de lo que es nacer; rodeaba rocas y otros obstáculos que simbolizaban los retos en el valle de la vida; y al final desaparecía en la tierra, hasta un final escondido, símbolo del misterio de la muerte.

La religión del samurái

La religión más antigua de Japón es el sintoísmo, «el camino de los dioses»[1]. Los seguidores del sintoísmo adoran a los espíritus, o *kami*, que viven en muchos lugares: en los ríos, bosques, montañas y las cuevas. Los kami no son realmente dioses, son más bien los espíritus de los lugares y de los objetos que permiten a las personas sentirse conectadas con todas las cosas. Los templos sintoístas, marcados por una puerta roja, o *torii*, fueron construidos en cada pueblo japonés para honrar a sus dioses y a sus ancestros. El espíritu del señor de la guerra Tokugawa Ieyasu fue proclamado kami. La deidad sintoísta más importante es la diosa del sol Amaterasu, antepasada del

---

[1] Del japonés shinto (*N. de la trad.*).

47

emperador. Actualmente los japoneses rinden culto a sus ancestros y a la naturaleza, y muchas de sus costumbres tradicionales están arraigadas en el sintoísmo.

El budismo fue llevado a Japón desde China en el siglo VI. Pronto encontró el favor de la familia imperial que deseaba disminuir el poder de los sacerdotes sintoístas. En el tiempo de los samuráis había varias sectas budistas. La mayor parte de los samuráis eran budistas Zen. El Zen enseña a sus seguidores a buscar la iluminación y la salvación dentro de sí mismos a través de la meditación, no de la adoración de un dios o de unos dioses. La meditación Zen implica una gran disciplina. El objetivo es la armonía espiritual, la unidad con el fluir de la vida y de la muerte. Las ideas del Zen eran especialmente atractivas para los guerreros samuráis que sabían que su vida podía terminar en cualquier momento. El budismo Zen ha tenido una gran influencia en muchos aspectos de la cultura japonesa: las artes, la ceremonia del té, la poesía, la jardinería, incluso la manera en que se coloca un ramo de flores.

Con la llegada de los europeos a mediados del siglo XVI, muchos samuráis se hicieron cristianos; esta vez, el poderoso daimio buscaba una manera de disminuir el poder de los monjes budistas. Pero más importante que ninguna religión para el samurái era su propio código, el *bushido*, «el camino del guerrero», con sus siete valores: la justicia, el valor, la compasión, la cortesía, la sinceridad, el honor y la lealtad.

LA EDUCACIÓN DEL SAMURÁI

Los niños samuráis estaban rodeados de los símbolos de su clase guerrera desde el momento de su nacimiento. Al nacer, el padre o sacerdote hacía sonar la cuerda de un arco para que su tañido ahuyentase los malos espíritus. Desde el momento mismo del alumbramiento, se consideraba que el niño tenía un año de edad.

A un niño samurái recién nacido se le daba una pequeña espada en forma de colgante para llevarla en el cinturón. A la edad de cinco años, se le cortaba el pelo por primera vez y a los siete recibía sus primeros pantalones o *hakama*. Pero la ceremonia más importante llamada *gembuku* ocurría a los 15 años, cuando el niño se convertía oficialmente en un hombre. Recibía entonces su nombre de adulto, un corte de pelo de adulto y lo mejor de todo, su primera espada de verdad y su armadura.

A los hijos de los samuráis ricos se les instruía en la lectura y la escritura, así como en los clásicos de la literatura china hasta la edad de 10 o 12 años, a la cual se les enviaba a estudiar a un monasterio por otros cuatro o cinco años.

Las lecciones de manejo de la espada y de la lanza y el uso del arco y la flecha comenzaban antes. A los niños les enseñaban primero sus padres y después quizá un sensei local (maestro) que solía ser un ronin. A los guerreros con más talento se les enviaba a escuelas de entrenamiento especiales. El Día de la Fiesta del Niño (el quinto día del quinto mes) los jóvenes samuráis libraban una batalla falsa con espadas de madera. Pero el mejor entrenamiento para los guerreros estaba en la guerra y los hijos de los samuráis seguían a sus padres en la batalla siendo todavía adolescentes.

Las hijas de los samuráis no recibían una educación formal, pero a veces se les permitía escuchar las lecciones de sus hermanos. De mayor, la mujer de un samurái administraba el patrimonio de su marido cuando éste estaba en la guerra, encargándose de la administración del patrimonio, del suministro de víveres y supervisando la tarea de los trabajadores y de los sirvientes.

Las niñas también recibían un entrenamiento en artes marciales. Su especialidad era el *yari* (una lanza de hoja recta) y la *naginata*[2] (lanza de hoja curva). Las mujeres samuráis respondían a los mismos estándares de honor y de lealtad que los hombres samuráis.

Hay muchos ejemplos de mujeres samuráis que lucharon con sus maridos en el campo de batalla. La más famosa fue Tomoe, que luchó contra los Taira en las guerra Gempei. En una famosa batalla mató a muchos hombres; el líder enemigo intentó capturarla y le arrancó una manga del vestido. Furiosa, le cortó la cabeza y se la llevó a su marido.

COMIDA Y VESTIMENTA DEL SAMURÁI

La dieta del samurái era bastante sencilla. Su base consistía en platos de arroz que con frecuencia incluían pescado, verduras o algas. Los budistas más devotos no comían carne, pero en tiempos de paz, la mayoría de los samuráis también cazaba para comer. Entre las bebidas figuraban el té y el *sake*, un vino hecho a base de arroz fermentado.

La comida era dispuesta de forma atractiva y servida por la esposa o por un sirviente en mesas laqueadas de escasa altura. Se consideraba de mala educación respirar

---

[2] Esta arma en el mundo occidental corresponde a lo que se conoce como «alabarda» (*N. de la trad.*).

Los hijos de los samuráis entrenándose en el arte de la espada

Las hijas de los samuráis también se entrenaban en las artes marciales

encima de la comida de otra persona, de manera que las bandejas se llevaban en alto por encima de la cabeza. Tanto los hombres como las mujeres le daban importancia a su aspecto físico. Ambos llevaban vestidos de mangas largas, llamados *kimonos*, sujetos por un cinturón a la altura de la cintura, calcetines de algodón blanco y sandalias de paja o zuecos de madera.

Las mujeres samuráis llevaban varias capas de kimono, cada uno con un color o un estampado diferente, como testimonio de su riqueza. Su cabello era muy largo y brillante.

Hubo un tiempo en que estaba de moda para las mujeres depilarse las cejas y pintarse unas falsas en la parte alta de la frente. También se consideraba hermoso blanquearse la cara y ennegrecerse los dientes.

Los hombres samuráis llevaban una suerte de falda pantalón llamada *hakama* sobre su kimono. En ocasiones especiales añadían una chaqueta llamada *kataginu*. El kataginu tenía hombreras prominentes en forma de ala. Los hombres maduros se afeitaban la parte superior de la cabeza.

Se sujetaban su largo cabello en un cola que podía colocarse doblada hacia delante sobre el cráneo. Se consideraba una desgracia cortarse la coleta.

LOS PASATIEMPOS DE LOS SAMURÁIS

Los samuráis practicaban muchas artes marciales como deportes para mantenerse en forma para la guerra. Los combates entre expertos tenían siempre muy buena acogida. El *kyudo* (la técnica del tiro con arco), *kendo* (el arte de la espada) y *sumo* (lucha) son todavía hoy populares. También disfrutaban de la natación y de la caza.

Los samuráis asistían al teatro *noh*, consistente en obras clásicas basadas en la historia japonesa. Pero los samuráis de rango más elevado tenían prohibido asistir al teatro *kabuki*, más popular, que era ruidoso y muy colorido. Muchos samuráis iban de todas formas, escondiendo la cara bajo enormes sombreros con forma de cesto. Las historias sobre las guerras Gempei eran el argumento preferido. También era popular el *bunraku*, obras de títeres representadas por marionetas casi de tamaño real. Todas estas formas de teatro se siguen cultivando en el Japón actual.

Los samuráis también podían aprender lecciones de estrategia jugando al juego del *go*. Con frecuencia comparado con el ajedrez, el go se juega con piedras negras y blancas, que se colocan sobre un tablero cuadrado. El objetivo es rodear y capturar las piedras del enemigo.

Pero lo que sí estaba desaconsejado para un guerrero samurái eran los juegos de azar. Podía sobrevivir a la batalla más salvaje, pero si jugaba, arriesgaba su armadura, su caballo e incluso su espada.

A los grandes samuráis se les suponía un sentido de la belleza altamente desarrollado. Muchos pasatiempos les ayudaban a encontrar la serenidad lejos del campo de batalla. La ceremonia del té, con sus estrictas reglas para preparar y servir el té al invitado o invitados, era uno de esos pasatiempos. Requería mucha calma y concentración. También era popular la contemplación en grupo de los cerezos florecidos, de la nieve, de la luna, así como los concursos de incienso, en los cuales los participantes tenían que identificar el mayor número de olores.

Ocupaciones más solitarias, todas altamente consideradas, incluían la pintura, la poesía, la caligrafía, tocar la flauta y el arreglo floral.

En todas las artes, deportes y pasatiempos, los samuráis juzgaban que los esfuerzos del hombre eran más sublimes cuanto más reflejasen la simplicidad, la elegancia, la armonía con la naturaleza y la pureza de pensamiento.

La armadura del samurái

VI
Las costumbres del guerrero

Había muchos rangos dentro de un ejército samurái. A la cabeza estaban el general y sus oficiales. Mandaban tropas de caballería que montaban pequeños pero resistentes caballos de guerra. Estos soldados iban armados con una naginata y espadas. Más abajo estaban los arqueros y los lanceros que viajaban a pie. Los últimos en este orden eran los asistentes armados que servían a las tropas.

Hacia el siglo XVI, los guerreros de graduación inferior, o *ashigaru*, estaban entrenados para utilizar armas de fuego ligeras llamadas *arcabuces*. Un arcabuz sólo podía disparar una bala cada vez. Por eso, algunos grupos de ashigaru se entrenaban como expertos arqueros. Su trabajo consistía en asegurarse de que los enemigos no levantaban la cabeza mientras los tiradores recargaban sus armas.

Los samuráis sabían que no habría lujos por el camino. Así que antes de ir a la guerra ingerían tres alimentos de la suerte: marisco seco, o *awabi*; *kombu*, un tipo de alga; y castañas.

Durante el tiempo de guerra, los samuráis comían dos veces al día. Las comidas consistían en medidas de arroz, pescado y verduras secas, ciruelas en vinagre y algas. El arroz se envolvía en un paño y se transportaba crudo, porque una vez cocinado, no se conservaba bien. El arroz se freía o se asaba en un casco de hierro que se convertía en improvisada sartén. Algunas veces se humedecía para cocinarlo después. Pero si no se encontraba agua para cocinar, los soldados tenían que comer arroz seco.

Para prepararse para la batalla, un jefe samurái se bañaba y perfumaba concienzudamente. Después se vestía y se ponía su armadura. Éste podía convertirse en un proceso laborioso que culminaba ajustándose una máscara de facciones terroríficas y un casco.

Durante la batalla, el jefe lideraba a la tropa desde su caballo, o se ocultaba en lo alto de una colina detrás de unas cortinas llamadas *maku*. Durante la batalla, los guerreros podían identificarse gracias a los estandartes, llamados *sashimono*, que ataban a sus armaduras. Éstos estaban decorados con la divisa del clan, o *mon*. Los oficiales dirigían a sus tropas haciendo señas con sus abanicos de guerra o con bastones de mando adornados con borlas.

Después de una batalla, los samuráis de alto rango celebraban normalmente la ceremonia del té. Pero había otro ritual que recaía sobre el vencedor de la batalla. Era tarea del general victorioso pasar revista de las cabezas de sus enemigos más importantes, que habían sido recogidas como trofeos. Se lavaban y se peinaban sus cabellos, tras lo cual eran dispuestas con mucho cuidado sobre una tabla para su exhibición.

Para evitar la decapitación los samuráis llevaban especies de collares de hierro y cascos con pesados refuerzos en la zona de la garganta. Pero antes de ir a la batalla, los corteses samuráis quemaban incienso dentro de sus cascos, así, en caso de perder la cabeza, el olor que desprenderían sería agradable.

EQUIPO DEL SAMURÁI

LA ARMADURA DEL SAMURÁI

La armadura del samurái era tratada con el mismo respeto y formalidad que su espada. Se consideraba un grave insulto, por ejemplo, mirar dentro del casco de otro. La armadura estaba construida a base de múltiples escamas de hierro lacado, unidas sobre seda o cuero. El resultado era una pieza que se sentía ligera (sólo unas 11 kilos) y lo suficientemente flexible como para doblarla y transportarla en un arca. La armadura japonesa tenía como principal objetivo preservar la agilidad del guerrero, de la misma manera que el *jujitsu*, una forma samurái de combate sin armas, enfatizaba también la agilidad sobre la fuerza bruta. En contraste con el caballero europeo de armadura de láminas de acero, que tenía que ser izado hasta su caballo, un samurái con armadura podía escalar las murallas de un castillo, saltar sobre su caballo, correr en la batalla y volverse rápidamente para evitar el golpe de una espada. Los samuráis con su armadura podían incluso nadar. Pero éstas por supuesto sí se hacían pesadas a causa del barro acumulado y de la humedad, y solían ser muy frías en invierno y un nido de piojos en verano.

Ponerse una armadura era un proceso que llevaba su tiempo. Primero se vestían las prendas interiores: un taparrabos y el kimono; unos pantalones sueltos de tela estampada; calcetines de algodón o de cuero y leotardos de algodón. Después se colocaban las protecciones para las espinillas y las sandalias o botas de piel. Los guantes de cuero y las mangas de la armadura iban seguidas de un protector de axila acolchado. Detrás venía el peto, o *cuirass*, que incluía unos faldones que cubrían la cadera. Anudado a la cintura iba un fajín, u *obi*, donde se sujetaban la katana y la wakizashi (espadas). Por último las hombreras, en las cuales cabía el asta del *sashimono*, o del estandarte del clan. Para evitar ser decapitado el samurái podía también añadir un collarín de hierro.

A continuación el guerrero cubría su cabeza con una gorra de algodón que servía de base acolchada para el pesado casco. Después se colocaba una máscara de hierro sobre la cara que podía representar un demonio, un fantasma o un bárbaro. Un guerrero de edad avanzada podía elegir la máscara de un hombre joven, mientras que uno joven podía preferir parecer mayor y experimentado. Finalmente se ajustaba el casco con su largo protector para el cuello. Los samuráis de alto rango añadirían un remate en forma de cuernos u otro ornamento a sus cascos.

Sobre su armadura, un samurái podía llevar un sobretodo sin mangas o una capa holgada. Además podía llevar un saco donde guardar la cabeza cortada de su oponente, una bolsa con provisiones, cuerdas usadas para atar o trepar y un botiquín. Todos los samuráis estaban entrenados para curar heridas y sabían cómo sanar los huesos rotos.

LAS ARMAS DEL SAMURÁI

Las armas básicas del samurái eran la katana, una larga espada curvada de un solo filo y la wakizashi, una espada más corta utilizada en tareas tales como decapitar al enemigo o realizar el seppuku. Pero los guerreros samuráis también hacían uso de otros tipos de espadas en distintos momentos. Entre éstas se incluían el *nodachi*, una espada que se llevaba cruzada a la espalda y era más larga que la katana y cuchillos de distintos tamaños, como el *aikuchi*.

El arco y la flecha tenían también su importancia. Los arcos podían ser de muchos tamaños y estaban hechos de bambú. Las flechas tenían astas de junco y puntas de acero. Algunas cabezas de flecha estaban perforadas para que silbaran estridentemente al atravesar el aire. Las flechas de los samuráis podían perforar incluso láminas de hierro y de acero.

Las lanzas eran fundamentales en la guerra. Los dos tipos más comunes eran la *naginata*, o lanza de hoja curva, cuyo uso sigue siendo objeto de estudio; y la *yari*, o lanza de hoja recta. Algunas lanzas estaban hechas para ser arrojadas como las jabalinas. Otras tenían ganchos que facilitaban poder escalar muros o enganchar al enemigo por su armadura.

Los samuráis también estudiaban el uso de armas menos típicas como el bastón de madera (*bo* o *jo*), el *jitte*, una daga con afilados ganchos en la empuñadura, y el abanico de guerra plegable hecho en hierro o *gunsen*.

EL ENTRENAMIENTO DE LOS SAMURÁIS

Los samuráis sabían que el verdadero dominio de las artes marciales implicaba algo más que la fuerza física y la técnica. Igualmente importantes eran los principios de concentración mental (*haragei*) y de energía centrada y atenta (*ki*). Un guerrero practicaba la respiración regular para buscar la calma y la quietud interior, a la vez que aprendía a utilizar también su respiración para entrar en acción de manera eficaz con un feroz *kiai* o «grito del espíritu».

Para ayudar al desarrollo de estas destrezas, el guerrero practicaba una y otra vez secuencias preestablecidas de movimientos, llamadas *katas*, despacio al principio, más rápido cada vez, hasta que las realizaba sin ningún esfuerzo, casi perfectas. Los movimientos se basaban en estrategias de ataque, defensa y contraataque. Podían ser practicadas en solitario con un enemigo imaginario o con un compañero que realizaba el papel del contrincante. Las técnicas y movimientos tienen nombres descriptivos. Por ejemplo en kendo, o pelea con espada, los aprendices, practicaban el «corte en cuatro», el «golpe de rueda», el «golpe del trueno» y el «barrido de bufanda».

Las katas son ejercicios de meditación a la vez que lecciones de técnica. Actualmente todas las artes marciales usan katas o grupos similares de secuencias de movimientos para ayudar a sus alumnos a entrenarse. Idealmente, el guerrero experimenta la unidad de cuerpo, mente y espíritu a medida que se desplaza por el tiempo y el espacio, como si el tiempo hubiera dejado de existir. Lo que queda es puro ser.

Se pensaba que los maestros de las artes marciales desarrollaban una conciencia casi psíquica del mundo a su alrededor. Existe una historia que habla de un maestro de kendo que entrenaba a sus tres hijos. Un día que tenía un invitado para tomar el té decidió ofrecerle una demostración. Colocó un jarrón sobre la puerta de manera que cayera sobre la cabeza de la siguiente persona que entrase en la habitación. Después llamó a su hijo menor, que se apresuró a entrar en la habitación. El jarrón cayó sobre su cabeza. Pero antes de que pudiera tocar el suelo, el joven sacó su espada y lo cortó en dos.

«Mi hijo menor tiene todavía un largo camino que recorrer», dijo el maestro. Puso un segundo jarrón y llamó a su segundo hijo. Éste cazó el jarrón a mitad de camino antes de que cayera sobre su cabeza.

«Mi segundo hijo tiene mucho que aprender, pero está trabajando duro y mejorando», dijo el maestro.

Después repuso el jarrón y llamó a su hijo mayor.

El primogénito sintió el peso del jarrón en cuanto puso la mano en la puerta. Así que deslizó la puerta para que se abriera sólo una rendija, cogió el jarrón mientras caía, después abrió la puerta del todo, entró y volvió a poner el jarrón en lo alto de la puerta. El maestro hizo un gesto de aprobación con la cabeza. Este hijo iba por el buen camino.

El ninja

VII
El arma secreta
de los samuráis: los ninjas

Los samuráis adoraban las armas secretas. Una de sus favoritas era una lanza que parecía no más que el cayado de un sacerdote. En los días de los samuráis, tanto los guerreros como los campesinos aprendían a defenderse con objetos cotidianos, como abanicos, pipas de fumar u horquillas del pelo. También se convirtieron en expertos con herramientas como la hoz, el hacha o la cadena que da vueltas[1]. Dos herramientas que resultaban ser armas excelentes, el *tonfa* y el *nunchaku*, eran originalmente utilizados para descascarillar arroz y cribar el grano. El estudio de estas armas ha sido revivido recientemente en las escuelas de artes marciales japonesas.

---

[1] El autor debe querer referirse aquí a lo que posteriormente denomina como nunchaku. El nunchaku también conocido como So-Setsu-Kon era una herramienta agrícola que servía para trillar los cereales, separando el grano de la paja al batirlo a golpes.
El nunchaku tradicional está hecho por dos barras de madera unidas por una cuerda. (*N. de la Trad.*).

Una de las artes marciales de los días de los samuráis que continúa cubierta de misterio es el *ninjitsu*, «el arte del sigilo» o «el arte de la invisibilidad».

Los *ninjas*, practicantes del ninjitsu, eran el arma secreta más formidable con la que contaba un jefe samurái. Los ninjas eran expertos en espionaje y sabotaje, sabían llevar a cabo un asesinato y escapar sin dejar huella. Usaban armas nunca vistas y todo tipo de artimañas para alcanzar sus objetivos; métodos que hoy parecen combinar las habilidades de James Bond, Sherlock Holmes y Houdini. Como maestros de la confidencialidad, los ninjas representaban el lado oscuro del bujutsu. Se les temía pero no eran dignos de respeto pues eran los encargados de hacer el «trabajo sucio», las tareas que un samurái honorable, del que se esperaba que combatiese abiertamente, no podía hacer por sí mismo.

Las familias ninjas vivían en las más agrestes y remotas regiones de Japón. Cada familia tenía secretos que no podían ser revelados a personas de fuera. Había tres clases de ninjas: los líderes, que eran los que acordaban con el exterior los servicios de los ninjas; sus asistentes o intermediarios y los agentes, que llevaban a cabo las misiones peligrosas. La sociedad japonesa despreciaba a estos agentes que en caso de ser capturados recibían tortura y acababan siendo ejecutados. Pero eran los más temidos y se les atribuían poderes mágicos.

El entrenamiento de los ninjas comenzaba en la más tierna infancia a base de largas carreras, de saltos y de aprender a trepar, a nadar y a bucear. También les enseñaban a balancearse sobre verjas, colgarse de ramas de árboles y quedarse quietos como estatuas. A estos niños se les mostraba cómo dislocarse las articulaciones para poder así escurrirse por debajo de las rejas o escaparse si les habían atado con cuerdas. Para cuando alcanzaban la mayoría de edad los ninjas eran fuertes, ágiles y casi inmunes al dolor, la fatiga y el frío. Podían correr 100 millas sin descansar, caminar sobre sus manos de noche para evitar tropezar o chocarse con algo y eran expertos en deslizarse deprisa y sin hacer ruido ni dejar rastro. Un ninja podía rodear un muro en la oscuridad y no ser descubierto nunca.

Los ninjas eran maestros del disfraz y de la ilusión. Nadie sabía quiénes eran. Un ninja podía vivir como un mendigo en la ciudad, como el ceramista de una aldea cercana, un actor itinerante o un sacerdote nómada. El que era hombre podía vestirse de mujer y la mujer podía vestir como un hombre. Las vestimentas de los ninjas eran reversibles, normalmente oscuras por un lado y claras por otro. Los ninjas practicaban el arte del camuflaje llevando todo negro por la noche y todo blanco en la nieve. Un ninja con una capa gris podía doblarse sobre sí mismo y adoptar la forma de una roca, quedándose inmóvil durante horas. Podía confundirse entre las ramas de un árbol o contra una pared, o esconderse bajo el agua durante horas sin fin, respirando a través de una caña de bambú.

A la manera de Sherlock Holmes, los ninjas estaban alerta a las claves que les proporcionaba su alrededor. Por ejemplo, si veían a un grupo de pájaros alzar el vuelo, deducían que podía tratarse del comienzo de una emboscada. O bien, observando la respiración de un hombre, descubrían si fingía estar dormido.

Los ninjas eran expertos preparando medicinas incluida una píldora que supuestamente quitaba la sed durante cinco días. También eran hábiles con las sustancias químicas, las drogas, los venenos e incluso con la hipnosis. Utilizaban los venenos impregnando con ellos dardos o añadiéndolos a los víveres del enemigo. Podían utilizar un ácido que al soplarse sobre la cara del enemigo producía una ceguera momentánea. Tenían brebajes que provocaban intensos picores, otros que hacían que el enemigo se quedase dormido o que se echara a reír sin poder parar. Así mientras los guerreros estaban distraídos, los ninjas se colaban saltando un muro o a través de una verja.

Los ninjas fabricaban también sus propios explosivos entre los que figuraban pequeñas granadas y minas de tierra. Así, para poder saber cuándo se aproximaba el enemigo, un ninja utilizaba un dispositivo de cargas de pólvora que explotaban al tropezar con un alambre. Y para entrar en una casa en secreto, provocaba un aparatoso incendio en el ala opuesta a la de las habitaciones que planeaba registrar. A veces usaban el recurso de ponerse una máscara horrible y escupir fuego por la boca a través de un tubo para aterrorizar al enemigo. Después simulaban desaparecer en una bocanada de humo que no era más que una bomba de humo casera dispuesta para facilitar su huida. Las cortinas de humo venenoso eran también otra de las especialidades de los ninjas.

Otras veces los ninjas recurrían a simples engaños para lograr entrar en un castillo o fortaleza: se vestían de bailarina, por ejemplo, o fingían estar enfermos. Una vez dentro llevaban a cabo su mortal misión.

Pero con igual frecuencia, los ninjas escalaban sigilo-
samente los muros de un castillo usando un equipo especial. Uno de sus instrumentos era «la uña de gato», una
banda provista de clavos que se acoplaba a la palma de la
mano facilitando que el ninja pudiera incluso andar por el
techo. Desde esta altura un ninja podía obtener mucha
información o incluso llevar a cabo un asesinato.

Otros utensilios para escalar incluían las cuerdas, las
escalas y las poleas. Una de sus herramientas favoritas era
una daga de doble filo, con una hoja curva que permitía
engancharse a las paredes y seccionar gargantas. Como
podían subir por cualquier sitio los ninjas eran conocidos
como «las moscas humanas».

Los ninjas hacían uso de otros muchos objetos igualmente asombrosos. Construían botes portátiles y bal-
sas, y curiosas planchas ovaladas que colocaban en los
pies para poder andar sobre el agua. También se cuenta
que usaban cometas gigantes para volar sobre territorio
enemigo, a veces dejando caer bombas. De hecho, sí que
pusieron en práctica un artilugio hecho de bambú y de
tela que semejaba una rudimentaria ala delta llamado «el
águila humana» y que servía para saltar detrás de los
muros enemigos. Y para el asedio de castillos, los ninjas
crearon una especie de rueda gigante que les permitía
llegar a la parte alta de las murallas enemigas desde donde
saltaban.

Los ninjas rara vez utilizaban armas que tuvieran un
único propósito. La espada de un ninja, por ejemplo,
tenía una vaina extra larga que podía ser usada como un
tubo para respirar o una cerbatana, una porra o un lugar
para esconder mensajes o venenos. Si la espada estaba

apoyada sobre la pared, el guardamano, también extra largo, servía como un punto de apoyo para el pie. Una vez arriba del muro, el ninja podía tirar de la espada hacia arriba gracias a una cuerda, también útil para multitud de propósitos.

Otra arma ninja igualmente ingeniosa eran los *shuriken*, estrellas de hierro afiladas como cuchillas que el ninja podía arrojar con acierto hasta más de diez metros. Éstas aparecían en formas variadas, todas ellas mortales. Los shuriken constituían unas armas muy útiles para excavar, golpear e igualmente raspar. Los ninjas llevaban consigo nueve tipos diferentes de shuriken, porque nueve era el número de la suerte. Había dos técnicas importantes para arrojar shuriken. La primera era desde una posición de inmovilidad, fingiendo no haber movido ni un músculo. Así el ninja podía matar un enemigo a distancia confundido entre un grupo de gente inocente. La segunda era mientras corría, así el ninja podía desaparecer antes de que su víctima cayese al suelo. Si le perseguían, sin embargo, un ninja podía meter la mano en su bolsa y tirar pequeños clavos o *tetsu-bishi*, a los ojos y los pies de sus perseguidores.

Muchas personas creían que los ninjas eran magos que podían transformarse en animales o hacerse invisibles. Los ninjas no hacían nada para desmentir esta idea. En su lugar, se aprovechaban de las supersticiones de la gente. Si un ninja era perseguido, por ejemplo, podía sacar un mono entrenado, vestido exactamente como él. Dejaría que sus perseguidores le vieran y les llevaría a internarse en el bosque. Después soltaría el mono y se ocultaría subiéndose a un árbol. ¡Sus enemigos huirían del bosque aterrorizados, gritando que el ninja se había transformado en un mono!

Hoy en día, las historias de los ninjas, con sus poderes sobrenaturales y sus misiones imposibles se celebran en las películas japonesas y los dibujos animados.

Dos espadachines de Kendo en combate

VIII
El estudio de las artes marciales

Las personas que viven en América, Japón y el resto del mundo todavía pueden estudiar las artes marciales que nos dejaron los samuráis. Son muchos los tipos de artes marciales como muchos los estilos de lucha dentro de cada una de ellas.

KENDO

Kendo, «el camino de la espada», es el más parecido a las prácticas de entrenamiento de los antiguos samuráis. Los *kendokas* (estudiantes de kendo) aprenden a practicar esta esgrima con una espada de bambú ligera llamada *shinai*. También llevan protecciones: un casco que se parece a la máscara que llevan los receptores de baseball[1], un peto para el pecho, una faldilla para las caderas y guantes acolchados.

Muchos estudiantes japoneses practican kendo como parte de la clase de gimnasia. Resulta divertido y las competiciones son muy emocionantes. Sólo se dan puntos por toques

---

[1] El *catcher* en la nomenclatura norteamericana (*N. de la trad.*).

en cuatro partes del cuerpo del adversario: la cabeza (*men*), los antebrazos (*kote*), los costados (*do*) y la garganta (*tsuki*, sólo permitido para los competidores mayores de 16 años). Si quiere puntuar, el kendoka tiene que dar un paso hacia delante, gritar el nombre de la zona que quiere alcanzar (a esto se le llama el *kiai*) y golpear, todo a la vez. El propósito del kiai es de alguna forma impresionar al contrincante por un instante. El tiempo justo para que el kendoka golpee.

El objetivo en kendo es alcanzar un estado en el cual la espada, la mente y el cuerpo sean uno. Un verdadero maestro no piensa dónde golpear o cómo moverse, sino que más bien tiene que concentrar su energía y vaciar su mente de cualquier pensamiento.

JUDO

Judo significa «el camino de la flexibilidad» o del equilibrio. Está basado en los principios básicos de la resistencia. Una rama demasiado dura se rompe con la tormenta, por ejemplo, pero una rama flexible se dobla al ser movida por el viento. De igual manera un torero no intenta parar a un toro que le embiste plantándose delante de él y embistiéndole él mismo. Sino que para sobrevivir, le cede el paso, se hace a un lado.

En judo, los alumnos aprenden a usar la fuerza del contrincante *contra* este. Imaginemos que alguien más fuerte le empuja, usted puede empujarle a su vez con todas sus fuerzas, pero seguramente perderá. Pero si *tira* de la persona en la misma dirección en la que esta está empujando, añadirá su fuerza a la suya y será capaz de tumbarle.

Los practicantes de judo visten un uniforme parecido a un pijama llamado *gi*, compuesto por una chaqueta acolchada y unos pantalones fruncidos a la cintura que se atan con un cordón. Los cinturones son de diferentes colores, dependiendo del nivel del alumno. Los principiantes llevan un cinturón blanco, los de nivel intermedio uno marrón y los avanzados uno negro. Normalmente se tardan tres años o más en alcanzar este nivel. Mucha gente cree erróneamente que una persona con un cinturón negro es un experto en artes marciales, pero hay muchos niveles de cinturón negro. Un cinturón negro de nivel bajo no es más que un estudiante que ha dedicado el tiempo necesario a aprender lo fundamental lo suficientemente bien como para comenzar a perfeccionar su destreza.

El suelo de un dojo de judo esta cubierto de colchonetas. Los aprendices hacen una reverencia antes de pisar sobre ellas y al salir. También se inclinan ante el sensei (maestro) y ante el compañero antes y después del entrenamiento. Las clases comienzan con ejercicios de calentamiento y prosiguen con la práctica de caídas o *ukemi*. Después los alumnos aprenden técnicas de desestabilización y agarre del contrincante. Los alumnos más avanzados practican *randori, o «combate libre»*, en los cuales luchan como si de una competición se tratase.

Los judokas también aprenden katas y pueden participar en las competiciones locales e incluso en las olímpicas.

AIKIDO

Aikido, «el camino de la armonía con el ki», es una disciplina tanto mental como espiritual que enseña el poder de la unión entre el cuerpo y la mente. El estudio del aikido puede ser descrito como «aprender a liberar la fuerza».

Un ejemplo de en qué consiste el aikido se llama «el brazo que no se puede doblar». Póngase de pie y extienda su brazo ligeramente doblado a la altura del codo y cierre el puño. Emplee toda su fuerza en ello. Después pídale a un amigo que doble su brazo hacia usted. Podrá comprobar que su amigo conseguirá hacerlo con mucha facilidad, independientemente de la fuerza con la que usted se resista. A continuación extienda el brazo de la misma manera, sólo que esta vez relájelo por completo. No cierre el puño. Imagine que la energía fluye de su mente a través de su brazo y sale por la punta de sus dedos, como el agua que fluye de un manantial. Imagine que esta energía continúa saliendo hasta el infinito. Comprobará que su compañero apenas puede mover su brazo a menos que usted pierda la concentración.

Muchas de las técnicas de aikido se basan en los movimientos del kendo y del judo. Pero los movimientos son circulares, con poco uso de patadas o puños, y con un uso meramente defensivo. En aikido no existe el ataque. Al igual que en judo, las técnicas de aikido utilizan la fuerza del atacante en su contra, pero el objetivo es inmovilizar al atacante más que herirle o matarle.

Los estudiantes de aikido llevan un judogi con un cinturón negro según sea su rango. Los alumnos de rango superior pueden llevar también un hakama o especie de falda pantalón. Las clases comienzan con ejercicios, algunos de los cuales están pensados para ayudar al alumno a controlar su ki, la fuerza vital interior. Los alumnos de aikido practican las técnicas marciales combatiendo por turnos con un compañero que hace las veces de atacante. También practican con espadas de madera llamadas *bokken*.

KUNG FU

Japón no ha sido el único país de Oriente que ha desarrollado modalidades de artes marciales. De hecho, muchas de las técnicas usadas por los samuráis estaban inspiradas por un sistema chino de autodefensa llamado *kung fu*. El kung fu era la especialidad de los monjes guerreros del monasterio de Shaolin, la casa del fundador del budismo zen. Los movimientos de los diferentes estilos de kung fu están basados en los de los animales: la sólida apostura del caballo, el equilibrio de la grulla blanca sosteniéndose sobre una pata, las posiciones de defensa de la mantis religiosa, los graciosos gestos del mono.

Los maestros de kung fu se llaman *sifus*. Los alumnos se entrenan con y sin armas, aprendiendo a golpear, a bloquear y a dar patadas. Los katas del kung fu se llaman *sets*. Los alumnos de kung fu también estudian los principios del *ch'i*, el aliento o fuerza vital interior llamada ki en japonés.

KARATE Y TAE KWON DO

Karate, o «el camino de la mano vacía», se desarrolló en la isla de Okinawa, a poca distancia de la costa de China. Los isleños no poseían ni espadas ni lanzas. Así que en su lugar aprendieron a defenderse con las manos y los pies. El karate es el arte marcial que se nos viene a la mente cuando vemos a alguien rompiendo un montón de tablas. Pero esto no es más que pura exhibición. Los estudiantes de karate aprenden a usar los puños y las patadas, concentrando su energía en el kiai. Los alumnos llevan un gi poco pesado y practican katas que semejan el ritual de una danza. También aprenden a combatir.

El estilo coreano de karate se llama *tae kwon do*. Hoy, tanto el karate como el tae kwon do se estudian en todo el mundo.

El último sogún Tokugawa

IX
El legado samurái

Los sogunes Tokugawa gobernaron Japón durante más de 250 años. Durante ese tiempo el país permaneció en paz, completamente aislado del resto del mundo. Pero la amenaza militar de Occidente, unida a la superioridad de la tecnología occidental a mediados del siglo XIX, eran más de lo que los samuráis podían resistir. En 1853, el comodoro Matthew Perry, un oficial de la marina americana, desembarcó en Japón y obligó a que abriera sus fronteras al comercio con Occidente. Poco después, el liderazgo del último sogún Tokugawa llegaba a su fin y en 1868, el gobierno de Japón fue devuelto al emperador Meiji. En 1876, la administración japonesa prohibió el uso de espadas a todo aquel que no fuera miembro de las fuerzas armadas imperiales. La sede del gobierno fue trasladada a Tokio y se adoptó la moderna constitución de Japón. Los días de los samuráis habían terminado.

Pero el espíritu de la vida de los samuráis ha seguido viviendo en Japón hasta nuestros días. Los valores del bushido (honor, lealtad y sacrificio) estuvieron más presentes que nunca entre los militares de la II Guerra Mundial. Los soldados occidentales se quedaron sorprendidos ante la valentía aparentemente sin propósito de los soldados japoneses. Oficiales únicamente armados con espadas cargaban contra las ametralladores enemigas y morían acribillados. Los pilotos kamikazes, cuyo nombre procedía del que recibían los vientos divinos que habían salvado a la nación de los invasores extranjeros tanto tiempo atrás, volaban en misiones suicidas, estrellando sus aviones contra barcos enemigos. Igualmente alarmante para los occidentales era el cruel trato que recibían los prisioneros de guerra por parte de sus captores japoneses que creían que los soldados que eran capturados perdían con ello su honor.

La lealtad a la familia y a los superiores está profundamente arraigada en la cultura japonesa. Los japoneses modernos muestran la misma lealtad a sus jefes que la que mostraron sus antepasados en su día a los señores feudales. Además el suicidio todavía se considera una respuesta aceptable a la desgracia.

Las historias de los héroes samuráis permanecen aún vivas en el Japón moderno, a través de películas, obras de teatro, historias de fantasmas, novelas, tiras cómicas, dibujos animados y video-juegos. Las caras de los samuráis aparecen en muñecos y cometas, en menús y en pósteres.

Algunas de las películas más famosas sobre los samuráis son también populares en América. La más conocida de todas ellas, *Los siete samuráis*, inspiró un famoso western, *Los siete magníficos*.

Las ideas del zen y de las artes marciales han captado también la imaginación americana. Un ejemplo es la historia de *La guerra de las galaxias*, en la cual un joven guerrero, Luke Skywalker, debe buscar un maestro que finalmente encuentra en un misterioso bosque. El diminuto maestro, Yoda, es similar a los geniecillos tengu que instruyeron al héroe Yoshitsune. Yoda enseña al joven Skywalker a manejar un arma parecida a una espada aprovechando el uso de «La Fuerza», una energía mental y espiritual que es similar al ki japonés.

«¡Concéntrate!», insta Yoda a su pupilo.

Después de mucho estudio, trabajo duro y dedicación, Luke se convierte en un guerrero excelente y es capaz de derrotar a sus enemigos.

Hoy en día, los pasatiempos de los samuráis todavía se practican en Japón, incluidas la caligrafía, los arreglos florales y la ceremonia del té. Aunque estas artes han ganado popularidad en Occidente, son las artes marciales de Japón (judo, kendo y aikido) las que más se aprenden. El legado del samurái pervive.

Una pintura de una batalla japonesa medieval

APÉNDICE I

La cuarta
batalla de Kawanakajima

Octubre de 1561

En 1490 Japón entró en un periodo crucial de su historia conocido como el *sengoku-jidai* o la «edad de los estados en guerra». Durante el siguiente siglo apenas pasaría un año sin que hubiera una batalla o una campaña militar en algún lugar del país. Los daimios o «nombres importantes» (erróneamente identificados con los señores de la guerra), que controlaban las numerosas provincias de Japón, comenzaron a rivalizar entre sí para aumentar sus dominios y el poder de sus clanes familiares. Para unos pocos, aquellos que tenían el poder militar y la fuerza política suficientes, era una oportunidad para convertirse en sogún, los caudillos militares de Japón.

Hacia la mitad del siglo XVI, la manera de hacer la guerra en Japón cambió de forma sustancial, influida en gran parte por la creciente rivalidad entre los daimios.

Los ejércitos samuráis del daimio comenzaron a aumentar de tamaño debido al reclutamiento de los *ashigaru* (o «pies ligeros»), soldados de a pie convenientemente entrenados de procedencia campesina. Los castillos comenzaron a adquirir mayor importancia militar como medios de controlar una zona y como base segura para el aprovisionamiento militar y las tropas. Por último, un invento procedente de Europa, las armas de fuego, comienzan a hacer su aparición en los ejércitos de samuráis a partir de 1540.

El poder de los daimios y por extensión de su clan se sustentaba en los territorios o provincias que controlaban. Su riqueza económica se basaba en la producción agrícola de sus tierras y se medía en *koku*. Un koku era la cantidad de arroz que se necesitaba para alimentar a un hombre durante un año. El koku proporcionaba el sistema para medir el rendimiento anual de los campos de arroz y también determinaba el número de soldados que el daimio podía mantener, armar y alimentar para defender sus tierras. De estas tierras también procedían los hombres que integraban el ejército del daimio. Los samuráis, que estaban sujetos a un vasallaje esencialmente hereditario que los convertía en siervos del señor y de su clan, debían reclutar y equipar un número predeterminado de tropas de los dominios del clan que controlaban. Éstas incluirían otros samuráis de menor rango así como ashigaru. Cuando el ejército del daimio conquistaba otra provincia o territorio, los samuráis leales a él obtenían una ampliación de sus dominios, que se traducía en un incremento de su riqueza personal y del número de hombres que debía reclutar en esos dominios. La conquista de otro territorio también significaba que un daimio podía aumentar su riqueza y su poder militar bien convirtiendo en vasallo al vencido, de manera que aseguraba su ejército y su riqueza, o llegando a una alianza con este para contar con su apoyo en futuras operaciones militares. Bajo semejante sistema es comprensible por qué los daimios estaban tan interesados en la expansión territorial. Uno de los ejemplos más interesantes de tal pugna por los territorios se produjo entre los daimios de las provincias de Echigo y Kai.

En 1553 una intensa lucha por el poder comenzó entre el clan Takeda de la provincia de Kai, bajo el liderazgo de Takeda Shingen, y los clanes de Murakami y Nagao de la provincia de Echigo bajo Uesugi Kenshin. Este conflicto dio pie a una rivalidad militar duradera entre ambos daimios que se extendió hasta 1564. En 1547 Shingen condujo al clan Takeda en la invasión de la provincia de Shinano, un rico territorio que se extendía entre la frontera occidental de Kai y la frontera sur de la provincia de Echigo. En lugar de ser destruidos por el poderoso ejército Takeda, algunos del daimio Shinano, como los Sanada, se sometieron al invasor y se convirtieron en vasallos de Shingen. Muchos de los otros del daimio Shinano estaban decididos a resistir a los invasores, el más destacado de entre ellos fue Murakami Yoshikiyo. En 1548 Shingen derrotó a Murakami en una sangrienta batalla en Uedahara. Al darse cuenta de que no podía resistir el avance de Shingen solo, Murakami pidió ayuda de su vecino del norte, Uesugi Kenshin, señor de la provincia de Echigo. Kenshin accedió a asistir a Murakami y con esta alianza los dos poderosos clanes de Takeda y Uesugi entraron en directo conflicto.

A la hora de reunir a su ejército para ayudar a Murakami, Kenshin emitió la *kashindan* o «llamamiento a las armas». Ésta, al parecer, venía normalmente en forma de una carta detallada enviada a todos los siervos leales al clan. Entre las razones dadas para el llamamiento a las armas se incluía también una lista de su registro de obligaciones, tales como el número de tropas clasificadas por tipo que debían proporcionar, las armas y demás pertrechos y dónde debían concentrar a sus hombres. Un buen ejemplo de kashindan existente, escrita por Uesugi Kenshin a Irobe Katsunuga, su *gun-bugyo* o «jefe del Estado Mayor» aparece a continuación y describe acertadamente la situación provocada por la invasión de Shingen de la provincia de Shinano.

En relación con el conflicto entre las familias de Shinano y la de Takeda de Kai en el penúltimo año, opina el honorable Imagawa Yoshimoto de Sumpu que las cosas deben haberse calmado. Sin embargo, desde entonces la forma de gobierno de Takeda Harunobu (el nombre anterior de Takeda Shingen) ha sido corrupta y mala. Por la voluntad de los dioses y gracias a los buenos oficios de Yoshimoto, yo, Kagetora (nombre anterior de Kenshin) he evitado muy pacientemente cualquier intromisión. Ahora, Harunobu nos ha declarado la guerra y es un hecho que ha aplastado a los siervos de la familia Ochiai de Shinano y que el castillo de Katsurayama ha caído. Como resultado, por el momento ha penetrado en los territorios conocidos como Shimazu y Ogura… Mi ejército tomará este rumbo y yo, Kagetora, en pie de guerra también, le encontraré a mitad de camino. A pesar de las tormentas de nieve o de cualquier tipo de dificultad iremos a la guerra ya sea de día o de noche. Ya he esperado lo suficiente. Si los aliados de vuestras familias en Shinano son destruidos entonces incluso los pasos de Echigo correrán peligro. Ahora que las cosas han llegado a este punto, reunid a vuestro preeminente ejército y sed diligentes en lealtad. Tenemos por delante un tarea honorable.

Respetuosamente,

Kenshin,
1557, segundo mes, decimosexto día

En las lejanas regiones del norte de la provincia de Shinano, situada en las profundidades del corazón de la cadena montañosa conocida como los Alpes japoneses, se extiende la vasta, llana y triangular llanura de Kawanakajima, también llamada «la isla entre los ríos» por estar rodeada al norte por el río Saigawa y al suroeste por el río Chikumagawa, que se unían en el extremo noreste de la llanura. Kawanakajima se convirtió en tierra de nadie en el enfrentamiento entre Shingen y Kenshin. Durante el transcurso de su lucha esta llanura sería testigo de no menos de siete encuentros entre estos rivales de los cuales sólo cinco fueron considerados «batallas». Las tres primeras de estas batallas fueron sólo escaramuzas comparadas con la cuarta, que está considerada «la batalla» de Kawanakajima y continúa siendo uno de los mayores y más sangrientos conflictos de la historia de Japón.

En septiembre de 1553, Shingen se adentró en el norte de la provincia de Shinano alcanzando la llanura de Kawanakajima. Aquí, cerca de un templo consagrado a

Hachiman[1], se encontró con el ejército de Kenshin, pero no entró en combate y se retiró. Los dos ejércitos volvieron a encontrarse unas pocas millas más al norte, pero de nuevo evitaron enfrentarse. Ésta fue la primera batalla de Kawanakajima, también conocida como «La batalla espoleta». En octubre, mientras Shingen se retiraba de esta área, Kenshin atacó cerca del lugar del templo a Hachiman y venció al ejército de Takeda.

La segunda batalla de Kawanakajima también conocida como la batalla de Saigawa tuvo lugar en 1555. Shingen avanzó a través de la llanura Kawanakajima hasta el río Saigawa e instaló su campamento en la colina Otsuka, justo al sur del río. El ejército de Kenshin se trasladó desde sus posiciones en la colina hasta el río y acampó en la orilla contraria. Durante cuatro meses los dos ejércitos estuvieron el uno frente al otro, esperando que fuera el otro el que hiciera el primer movimiento.

La tercera batalla de Kawanakajima tuvo lugar en 1557. Shingen se adentró de nuevo en la llanura y se apoderó de Katsurayama, una fortaleza en las montañas en el interior territorio de Uesugi. Después atacó el castillo de Iiyama sito en una de las vías de comunicación principales de Echigo y al noreste de Zenko-ji, una posición en lo alto de una colina que dominaba toda la llanura. Kenshin, cuyo ejército estaba alojado en el castillo de Zenko-ji, respondió lanzando un ataque para liberar el castillo de Iiyama. En poco tiempo Shingen se retiró evitando de nuevo enfrentarse con su enemigo.

---

[1] Dios de la guerra japonés (*N. de la trad.*).

En septiembre de 1561, los dos ejércitos se vieron inmersos en la cuarta batalla de Kawanakajima. Kenshin, consciente del antagonismo con Shingen, decidió destruir a su sempiterno rival en una última y decisiva batalla e hizo marchar a su ejército de 18.000 hombres hacia la periferia noroeste del territorio de Takeda. Su objetivo era el castillo de Kaizu que controlaba las comunicaciones al norte de la llanura de Kawanakajima y al sur de la llanura a través de los vitales pasos de montaña. Cruzando los ríos Saigawa y Chikumagawa que rodeaban Kawanakajima, Kenshin ocupó una posición fortificada sobre la montaña Saijoyama desde la que se divisaba el castillo Kaizu. Los 150 samuráis y sus seguidores acuartelados en Kaizu, aunque completamente sorprendidos por este movimiento, lograron, mediante un sistema de señales de fuego bien organizadas, alertar a Shingen del peligro. Shingen reaccionó rápidamente y se dirigió hacia Kaizu con 16.000 hombres.

Al llegar a Kawanakajima, Shingen acampó en la orilla derecha del río Chikumagawa cerca del vado de Amenomiya. Kenshin esperaba estar en una posición que le permitiese caer sobre su enemigo al llegar éste, pero tener el río entre los dos les situaba en un punto muerto. Era necesario un elemento sorpresa que rompiese el equilibrio de uno de los bandos para propiciar que uno venciera. Shingen fue el primero en moverse, cruzando velozmente el Chikumagawa más allá de las posiciones de Kenshin y trasladando todas sus fuerzas, que llegaban gracias a los refuerzos a los 20.000 hombres, hacia el castillo de Kaizu.

Los soldados de Shingen no permanecerían aquí por mucho tiempo, ya que su gun-bugyo, Yamamoto Kansuke, había diseñado un plan de ataque conocido como Operación «Pájaro Carpintero». Una fuerza de «pájaros carpinteros», compuesta por 8.000 hombres, ascenderían por Saijoyama al abrigo de la noche y «picarían» en la retaguardia de Kenshin, sacando a los «bichos» de los enemigos fuera de sus posiciones, montaña abajo y a través del Chikumagawa en el Hachimanabara, o «la Llanura del Dios de la Guerra» que estaba más abajo. Aquí, el grueso del ejército de Shingen, que había cruzado el Chikumagawa de noche, estaría esperándoles. La formación que eligió Shingen para su ejército era la del *kakuyoku*, o «ala de grulla» que estaba considerada como la mejor para rodear al enemigo. Empujados por el ataque contra su retaguardia hacia los brazos del «ala de grulla» Kenshin quedaría atrapado entre dos fuerzas, rodeado y destruido.

La formación en «ala de grulla» se desplegaba de la siguiente manera:

> Un frente de arcabuceros y arqueros protege la vanguardia mientras que el cuerpo principal de samuráis, formando una segunda y tercera división se reparte detrás de ellos como las alas abiertas de una grulla. El cuartel general ocupa el centro, protegido a ambos lados por los *hatamoto*[2] (que quiere decir «según el estándar»), los samuráis especialmente elegidos. Un escuadrón de tropas de reserva se dispone a cada lado, ligeramente detrás de los hatamoto. Por detrás queda una retaguardia con más arqueros y arcabuceros.

---

[2] Unidades especiales de samuráis (*Nota de la trad.*).

Shingen organizó su cuartel en el centro de la llanura de Hachiman, en algún lugar de la retaguardia de los extremos donde se encontraban los samuráis. Este puesto de mando consistía en un *maku*, o cortinas de tela, adornadas con la *mon* Takeda, el emblema del clan, lo que lo hacía fácilmente identificable para todos. Desde esta posición esperó a que su plan se pusiera en marcha.

A la mañana siguiente, cuando despuntaba el día, las tropas de Shingen, mirando a través de la niebla que se desvanecía, se encontraron con la vista del ejército de Kenshin que no huía a través del frente, como habían supuesto, sino que cargaba contra ellos. Kenshin, que había recibido informes de los movimientos de Shingen, había adivinado cuáles podían ser los planes de su rival y había ideado en consecuencia una contra maniobra. Aprovechando el cobijo de la noche de la misma manera que su enemigo, Kenshin había trasladado sus tropas en total secreto a través del vado de Amenomiya, dejando una retaguardia de 3.000 hombres para proteger el vado y desplegándose al oeste de la posición de Shingen. Adoptando una formación conocida como *kuruma gakari*, o «rueda rodante», Kenshin chocó violentamente contra «la grulla» de Shingen. La «rueda rodante» era una maniobra ofensiva que permitía a las unidades que se hallaban exhaustas o diezmadas por el combate ser reemplazadas por unidades de refresco, lo que facilitaba al atacante mantener la fuerza y el ímpetu de su acción. Se trataba de una compleja maniobra que necesitaba ser organizada con mucho cuidado. La capacidad de llevarla a cabo indicaba que las tropas de Kenshin debían haberla practicado hasta alcanzar la perfección.

La vanguardia de Kenshin estaba liderada por su hermano menor, Takeda Nobushige y, como la «rueda rodante» de Kenshin implicaba por completo a las filas de cabeza, Nobushige pereció en un reñido combate cuerpo a cuerpo.

Las principales unidades de Kenshin se componían de samuráis a caballo y, a medida que la «rueda» avanzaba, la presión sobre las fuerzas de Shingen empezó a notarse al ir teniendo que retirarse de su posición unidad tras unidad. La «grulla» de Shingen era una formación ofensiva no pensada para la defensa, pero las tropas que la ejecutaban estaban bien entrenadas y la formación se las arreglaba para aguantar lo suyo. Al darse cuenta de que los planes que tan bien había trazado habían fallado, Yamamoto Kansuke aceptó responsabilidad por el desastre de la manera en que lo haría todo samurái. Cargando él solo con una lanza en el centro mismo del enemigo luchó valientemente hasta que fue vencido después de recibir unas ochenta heridas, tras lo cual se retiró a una loma cubierta de hierba y se hizo el hara-kiri.

El ímpetu de la «rueda» la había conducido dentro del alcance del cuartel de los Takeda desde donde Shingen intentaba organizar a su presionado ejército. Los samuráis de Uesugi chocaron frontalmente con los hatamoto de Shingen y su guardia personal, hiriendo a su hijo Takeda Yoshinobu. Un único samurái a caballo cruzó entonces a través de las cortinas de maku y Shingen de repente se encontró siendo atacado por nada menos que el mismo Kenshin en persona. Incapaz de sacar su espada a tiempo, Shingen, levantándose de su silla de campo, se vio forzado a rechazar los mandobles que Kenshin asestaba desde su caballo con su pesado abanico de guerra de madera. Shingen recibió tres cortes en el peto y siete más en su abanico. Hasta que uno de los miembros de su guardia personal se abalanzó y atacó a Kenshin con una lanza. La fuerza de la embestida rebotó en la armadura de Kenshin y golpeó el costado de su caballo, haciendo que el animal retrocediese. Algunos samuráis más de la guardia de Shingen llegaron entonces y juntos consiguieron hacer que Kenshin se retirara. El lugar de esta famosa refriega se conoce hoy en día como *mitachi nana tachi no ato* (que significa: «el lugar de las tres espadas siete espadas») y cerca de ella hay una bella estatua de moderna factura que representa la lucha entre los dos generales.

La «grulla» Shingen se veía obligada a retirarse poco a poco hacia el río Chikumagawa. La formación no se había roto a pesar de la fiereza de los repetidos ataques y de que sus mejores samuráis iban cayendo uno a uno. Justo cuando Kenshin parecía seguro de su victoria un desesperado ataque contra su retaguardia le pilló por sorpresa. La fuerza del «pájaro carpintero» de Takeda, al haber encontrado las posiciones de los enemigos en Saijoyama desiertas y oír el fragor de la batalla que se disputaba abajo, se había desplazado hacia el vado de Amenomiya. Desde aquí condujeron a la retaguardia de Kenshin a la batalla más feroz del día, obligándoles a retirarse y cruzando el río para asaltar su retaguardia. La fuerza de Kenshin estaba, por lo tanto, atrapada por la pinza del ataque de Takeda, tal y como el último Yamamoto Kansuke había planeado. Shingen se las arregló para recobrar el control de su ejército y para el medio día lo que había parecido una derrota poco gloriosa se transformó en una gran victoria. Algunos de las tropas de Shingen incluso lograron reclamar la cabeza de Nobushige, el hermano de Shingen, así como las cabezas de otros líderes samuráis de Takeda a los guerreros Uesugi que las habían tomado como trofeos. El ejército de Shingen, agotado tras la batalla, intentó perseguir a Kenshin en su retirada. Al día siguiente, durante una tregua, algunos de los generales de Kenshin quemaron lo que quedaba de su campamento en Saijoyama mientras el resto del ejército se retiraba a través del Saigawa rumbo a casa.

Kawanakajima había resultado ser una batalla con grandes costes para ambos bandos. Kenshin había perdido un 72% de su ejército, lo que aproximadamente representaba unos 12.960 hombres, mientras que Shingen, aunque había conseguido 3.117 cabezas enemigas como trofeos, había perdido un 62% o lo que es lo mismo 12.400 hombres. En una de las batallas más largas de la historia de Japón, la formación en «ala de grulla», al ser ejecutada por tropas bien entrenadas, había probado ser capaz de parar, al menos momentáneamente, la de la «rueda rodante».

En septiembre de 1564 los dos rivales se encontraron de nuevo en la quinta y última batalla de Kawanakajima. Separados únicamente por el río Saigawa, ambos ejércitos permanecieron en sus posiciones durante sesenta días, realizando sólo pequeñas escaramuzas, antes de retirarse finalmente.

Las batallas de Kawanakajima son un ejemplo fascinante tanto del estilo de la guerra de clanes que caracterizó el periodo de sengoku-jidai como del tipo de tácticas complejas y muy elaboradas empleadas por los dos ejércitos. La habilidad de realizar maniobras complicadas durante la noche y de organizarse después en formaciones tácticas tan grandes y de diseño tan complicado dice mucho del alto nivel de entrenamiento, de la disciplina y de la especialización en armamento claramente evidenciadas por los ejércitos de los daimios. (Un buen ejemplo, y bastante cercano a lo que ocurrió históricamente en las batallas de Kawanakajima, de la rivalidad entre Shingen y Kenshin y de las tácticas empleadas por los ejércitos puede verse en la película de producción japonesa *Cielo y Tierra*).

Takeda shingen

Nacido Harunobu Takeda en 1521, era el hijo mayor de Takeda Nobutora, daimio o barón de la provincia de Kai. Los Takeda eran una antigua familia que procedía de Minamoto Yoshimitsu, cuyo hijo, Yoshikiyo, fue el primero en tomar el apellido Takeda. Durante la guerra civil Gempei Yoshikiyo apoyó al líder del clan Minamoto, Minamoto Yoritomo, contra el clan Taira. La victoria subsiguiente de Minamoto Yoritomo tuvo como resultado que se convirtiera en el primer sogún, o jefe militar, de Japón. Debido a su apoyo, la familia Takeda se hizo muy poderosa en la región que ocupaba de Japón.

Takeda Nobutora, un líder samurái muy capaz, se estableció a sí mismo como señor feudal y comenzó una política de expansión territorial. En 1540 fue destronado por su hijo, Harunobu, en un esfuerzo por evitar que este último fuera desplazado por su hermano menor. Harunobu tuvo su bautismo de fuego a los 15 años, cuando rescató a su padre y resultó victorioso de un combate en la fortaleza de Uminokuchi en 1536. Esta acción creó el marco para las proezas militares del futuro Harunobu.

En 1547, Harunobu, siguiendo el programa de expansión de su padre, invadió la provincia de Shinano. Takeda encontró una resistencia significativa por parte de Murakami Yoshikiyo, que había peleado una vez contra el padre de Harunobu. Harunobu derrotó a Murakami en Uedahara en 1548, y este último, al darse cuenta de que no podía resistir los avances del hijo como había hecho con el padre, solicitó la ayuda de Uesugi Kenshin, el joven y poderoso señor de la provincia de Echigo. Durante los 17 años siguientes, Harunobu y Kenshin, ambos dotados de la misma habilidad militar, estarían en un estado de guerra casi constante entre ellos. En 1551 Harunobu se hizo monje y tomó el nombre de «Shingen» con el cual se le conoció a partir de entonces.

En 1553, Shingen libró la primera de las cinco batallas contra Uesugi Kenshin en Kawanakajima. Las primeras tres de estas batallas no fueron más que escaramuzas en las cuales ambos contrincantes y sus ejércitos demostraron en todo momento estar a la misma altura. La cuarta batalla de Kawanakajima en octubre de 1561 fue un enfrentamiento a gran escala en el cual Shingen, aunque herido e inicialmente en desventaja, logró finalmente alzarse con la victoria después de una batalla feroz y sangrienta. Tras la quinta y última batalla de Kawanakajima en 1564, Kenshin había dejado de ser una seria amenaza para el poder de Shingen.

Su permanente rivalidad, sin embargo, se había convertido casi en leyenda, sumándose a la fama de sus nombres. Debido a que estaban en constante interacción a causa de la guerra, ambos hombres habían desarrollado un gran respeto el uno por el otro. El respeto mutuo que sentían Kenshin y Shingen queda ilustrado a la perfección en el famoso «incidente de la sal». Dado que las provincias de Shingen estaban situadas en las montañas, éste dependía de la mediación del clan Hojo para el suministro de sal. Durante una de las campañas de Kawanakajima, el Hojo que estaba entonces en poder cortó el suministro de sal de Shingen. Kenshin, al enterarse del problema de Shingen, comentó que los Hojo había llevado a cabo un acto ruin y envió a Shingen sal de su propia provincia, que limitaba con el Mar del Japón, añadiendo: «Yo no peleo con la sal sino con la espada».

En 1568 atacó y expulsó al clan más débil de Imagawa de la provincia de Suruga, pero fue incapaz de reaccionar frente a los ataques del clan Hojo procedentes del este. Al estar cada vez más preocupado por el poder creciente y los logros militares de Oda Nobunaga, líder de la provincia de Owari, Shingen se dio cuenta de que pronto tendría que enfrentarse con este nuevo rival.

En 1571, Nobunaga atacó y destruyó el monasterio budista del monte Hiei, dando de esta manera a Shingen, un monje budista, la excusa que necesitaba. En octubre de 1572 Shingen atacó al aliado de Nobunaga, Tokugawa Ieyasu en Mikataga-ara. Shingen derrotó ampliamente a la fuerza numéricamente inferior de Ieyasu, pero falló a la hora de proseguir en su victoria. A principios de 1573

Shingen, ahora decidido a destruir a Ieyasu, atacó a este último en su castillo de Noda. Según la leyenda, los defensores del castillo de Noda, al saber que su final estaba cerca, decidieron acabar con sus provisiones de sake (vino de arroz) bebiéndoselas. Los asaltantes percibieron el alboroto de su celebración así como la excelente música de flauta procedente de una de las guarniciones del castillo. Shingen, que se había acercado a la muralla para escuchar la música, murió al recibir un tiro en la cabeza por parte de un centinela atento a sus movimientos. El clan Takeda mantuvo la noticia de la muerte de Shingen en secreto durante todo el tiempo que pudieron (al parecer durante más de un año) en un esfuerzo por engañar a Nobunaga y a sus aliados. Finalmente, se supo la noticia y el hijo de Shingen, Katsuyori, ocupó el lugar de su padre en la continua lucha con Nobunaga. Pero Katsuyori no fue el jefe militar que había sido su padre. En Nagashino, en junio de 1575, Katsuyori lanzó impetuosamente a lo mejor del ejército de los Takeda contra las posiciones preparadas de sus enemigos. Fueron arrasados por los arcabuceros concentrados de Nobunaga, que terminaron con el poder Takeda para siempre.

Shingen figura como una de las mejores así como de las más temibles personalidades del periodo de la historia japonesa conocido como la «edad de los estados en guerra» (Sengoku-jidai). Hábil y competente gobernante, Shingen era reputado tanto por su maestría militar como por su magnetismo personal. Poseedor de una gran energía e inteligencia, era a la vez astuto e implacable, cruel y magnánimo. Famoso por su habilidad para congregar a la gente en sus filas, aumentó el poder y el estatus del clan Takeda llevándolo a su mayor apogeo sólo para morir prematuramente. Aunque tuvo el talento necesario para unificar Japón, su eterna rivalidad con Uesugi Kenshin desvió mucha de su energía y de sus esfuerzos de esta causa. Sin la sabiduría y el talento de su liderazgo el poder del clan Takeda fue finalmente destruido bajo su hijo.

Oda Nobunaga

LA BATALLA DE NAGASHINO

29 de junio de 1575

En el transcurso de la historia militar, la introducción en el campo de batalla de nuevas y mejoradas tecnologías ha tenido como resultado no sólo un cambio necesario de las tácticas, sino, con frecuencia, también un cambio dramático en la naturaleza y el comportamiento de la guerra en sí misma. La batalla de Nagashino sirve como ejemplo dramático y fascinante de los efectos de la tecnología tanto en la guerra como en una sociedad empapada de una cultura de base guerrera.

La batalla de Nagashino que tuvo lugar el 29 de junio de 1575 aconteció hacia el final del periodo de la historia japonesa conocido como Sengoku-jidai o «la edad de los estados en guerra», que duró desde 1477 hasta 1576. Es del todo irónico que esta batalla no fuera realmente necesaria, sobre todo si se tienen en cuenta las consecuencias que resultaron de la misma desde un punto de vista puramente estratégico.

La batalla fue el resultado final de un asedio desafortunado del castillo de Nagashino, una fortaleza situada en la frontera y que junto con otras formaba una red defensiva frente a una posible invasión a través de las montañas Takeda. El castillo estaba defendido por 500 siervos de Tokugawa, aliados de Oda Nobunaga, uno de los daimios más fuertes y capaces de este periodo. La fuerza asaltante estaba compuesta de unos 15.000 hombres y estaba liderada por Takeda Katsuyori, el valiente y testarudo hijo de Takeda Shingen, el recientemente fallecido jefe del clan Takeda y durante mucho tiempo enemigo de Nobunaga. Katsuyori, siguiendo la política expansionista de su padre contra los enemigos del clan Takeda, planeaba tomar el castillo de Nagashino y adentrarse aún más en el territorio de Tokugawa, ganando así más provincias y fortaleciendo su posición militar. En principio, se esperaba que el castillo cayese debido a una traición gestada desde dentro, pero cuando el plan fue descubierto Katsuyori se encontró a sí mismo enfrentado a un asalto de grandes proporciones. Aunque los defensores del castillo eran inferiores en número, el castillo en sí mismo estaba construido sólidamente y bien situado para prolongar su defensa. Su único punto débil era el abastecimiento. Un mensajero se las arregló para llegar a Nobunaga y pedir ayuda o ser testigo de la caída del castillo.

Nobunaga, temiendo que no ayudar a sus nuevos aliados podía devolverle a las manos de los Takeda, se puso rápidamente en camino para acudir en ayuda del castillo con un ejército de 38.000 hombres, 10.000 de los cuales eran sus teppo-shu o cuerpo de arcabuceros. Para cuando Katsuyori llegó al castillo de Nagashino el 16 de junio, ya había realizado una campaña exitosa; cuando supo del avance de Nobunaga, pudo simplemente retirarse, sin enfrentarse a él, y consolidar sus nuevas conquistas. Aunque se han formulado muchas teorías intentando explicar la decisión de Katsuyori de permanecer (que el padre conquistó el castillo con facilidad una vez y el hijo deseaba emularle, o que Katsuyori deseaba demostrar su habilidad derrotando al antiguo enemigo de su padre), no hay duda de que la captura de Nagashino se había vuelto una obsesión para él. Independientemente de las razones que hubiera, Katsuyori se puso en marcha para encontrarse con Nobunaga en la accidentada llanura de Shitarabara debajo del castillo de Nagashino.

Nobunaga, que ya había experimentado previamente para su desgracia los efectos devastadores de una carga de la caballería Takeda, diseñó su plan de batalla con el expreso propósito de invalidar tal ofensiva. Primero, colocó a su ejército de manera que los Takeda tuvieran que cruzar dos arroyos para alcanzar su vanguardia. Después, erigió amplias empalizadas a lo largo del frente detrás de las cuales situó 3.000 hombres cuidadosamente seleccionados del cuerpo de arcabuceros y los dispuso en líneas de 1.000 hombres cada una. Además, Nobunaga colocó un pequeño destacamento por fuera de las empalizadas, a la derecha, para conducir a los Takeda hacia él. El plan de Nobunaga era anular la carga de la caballería Takeda para que una vez que el fuego de los arcabuceros les hubiera frenado, lanzar a sus samuráis por entre los huecos de las empalizadas de manera que descendiesen sobre los restos del enemigo hasta destruirlos. En la noche del 28 de junio, Sakai Tadatsuga condujo a 3.000 hombres en una incursión que asaltó el campamento de los Takeda en el cual murió el tío de Katsuyori, Takeda Nobuzane, uno de los jefes de sección.

A las 5 de la mañana del 29 de junio, los Takeda cayeron en la trampa y lanzaron una serie de cargas de caballería contra las líneas de Nobunaga. Una fingida retirada de los hombres de Sakuma Morimasa por el flanco izquierdo de Nobunaga reafirmó a los Takeda en la oportunidad de atacar. Los arcabuceros iniciaron una secuencia sostenida de disparos por filas que acabó con la carga de los Takeda. Los samuráis de Nobunaga contraatacaron entonces desde detrás de las empalizadas cayendo sobre los Takeda y obligándoles a retroceder. De nuevo los Takeda atacaron y de nuevo los arcabuceros los detuvieron y los samuráis de Oda contraatacaron y les hicieron retroceder. Hacia el mediodía incluso el testarudo Katsuyori se daba cuenta de que la batalla estaba irrevocablemente perdida y ordenó la retirada. Diseminados por la llanura de Shitarabara yacían 10.000 muertos, la flor y nata de la caballería Takeda. Y lo que es más, siete de los veinticuatro generales de Takeda murieron, diezmando seriamente el magnífico cuerpo de oficiales designado por Takeda Shingen. Las pérdidas de Nobunaga rondaron los 6.000 hombres.

Nagashino firmó la sentencia de muerte del, en su día, gran clan Takeda. Aunque fueron capaces de impedir lo inevitable durante siete años más, el poder de Takeda estaba acabado y no sería más una amenaza para las fuerzas combinadas de los clanes Oda y Tokugawa. En 1582 Katsuyori, con su ejército reducido a sólo 300 hombres, libró su última batalla en el paso de Torii-bata, prefiriendo el suicidio a ser capturado por el enemigo de su familia.

En el libro titulado *Battles of the Samurai*, el autor Stephen Turnbull declara: «...Aunque Nagashino hubiera sido la única victoria de Oda Nobunaga su reputación hubiera estado asegurada. En su lugar es la culminación de una brillante carrera y un hito en la historia de Japón». El uso innovador por parte de Nobunaga de las fortificaciones de campo y del fuego en formación cambiaron para siempre el curso de la guerra en el Japón feudal. Más significativo fue el hecho de que el cuerpo de arcabuceros de Nobunaga estuviera integrado por *ashigaru*, o soldados campesinos, dado que los samuráis se negaban a rebajarse a sí mismos usando tal arma. Esto causó gran sensación entre la clase de los samuráis porque cualquier campesino con un mínimo de aprendizaje del uso de las armas de fuego podía matar a un samurái antes de que este último pudiera acercarse lo suficiente como para responder, acabando de esa manera con una vida dedicada al entrenamiento militar. Nobunaga iba adquiriendo fama militar, pero, al mismo tiempo, era criticado por el tipo de entrenamiento que daba a sus ashigaru. Sin darse cuenta, estaba poniendo en marcha los acontecimientos que conducirían al desarme general del país en 1587 y que culminaron en que finalmente «abandonase las armas» en 1637. Los japoneses experimentarían otra gran revolución en su sociedad debido a la influencia tecnológica desde occidente el 6 de agosto de 1945 en Hiroshima. En este caso, el resultado fue más que un «abandono de las armas», se trataba de la renuncia por completo a la guerra.

ODA NOBUNAGA

Para cuando murió en 1582, controlaba treinta de las sesenta y ocho provincias de Japón, era el caudillo del mayor ejército samurái en la historia de su país y había ganado la distinción de ser el primero de los tres grandes unificadores de Japón. Imbuido de la ambición que le impulsaba, era temible y cruel, con frecuencia tanto con los amigos como con los enemigos. Exhibía un talento genuino para la administración y desarrolló una reputación que le llevó a ser tanto temido como admirado. Poseedor de una aguda mente militar, sus innovaciones técnicas alterarían en último término el curso de la guerra en Japón.

Su nombre era Oda Nobunaga y nació en 1534 en la provincia de Owari, cerca de Nagoya, en el seno de una familia daimio. A la edad de 23 años Nobunaga demostró tanto su habilidad militar como su deseo ardiente de convertirse en un gran daimio al expulsar sin compasión de su provincia natal a su hermano mayor (y más popular). Así comenzaría una carrera que habría de durar todo el cuarto de siglo siguiente.

Uno de los primeros y mayores triunfos tácticos de Nobunaga se produjo en Okehazama el 22 de junio de 1560. Cuando su provincia fue invadida por el enorme ejército de 25.000 hombres de Yoshimoto Imagawa, Nobunaga, en lugar de retirarse y buscar refugio en una de sus fortalezas, optó por atacar. Con sólo unos 3.000 hombres a su disposición, Nobunaga se vio obligado a confiar en el engaño y en la sorpresa. Al operar en terreno abrupto y boscoso, Nobunaga fue capaz de crear la ilusión de un gran ejército al colocar en la cima de una colina cientos de estandartes de guerra. Como aquel terreno le era familiar, pudo burlar la posición del enemigo y aproximarse desde el norte. Una inesperada tormenta eléctrica ocultó el avance final de su ejército, Nobunaga lanzó un violento ataque por la retaguardia de su enemigo. Aunque superado casi en una proporción de diez a uno, Nobunaga cogió al enemigo completamente por sorpresa, cercando y dando muerte a Yoshimoto en su propio cuartel, venció de forma aplastante al ejército de Imagawa. Con su comandante muerto, los Imagawa se retiraron a sus territorios, dejando la provincia de Nobunaga a salvo.

Uno de los antiguos generales de Imagawa, impresionado por la victoria de Nobunaga, firmó una alianza con él. Se trataba de Tokugawa Ieyasu, quien se convertiría en uno de los mejores aliados de Nobunaga y cuya familia ostentaría el título de sogún en Japón durante 265 años. Consciente de la necesidad de alianzas fuertes, el mismo Nobunaga se casó con la hija del daimio de Mino, una provincia vecina, y casó a su hermana y a su hija con otros poderosos daimios asegurando de esa forma más alianzas y consolidando aún más su posición.

Nobunaga inició entonces una serie de campañas de conquista con el objetivo de unificar Japón bajo una bandera. En 1567 destruyó el clan de Saito y al año siguiente conquistó las provincias de Ise y de Omi. El 9 de noviembre de 1568, penetró en Kyoto y devolvió a su posición de sogún a Yoshiaki Ashikaga. Derrotado mientras intentaba conquistar la provincia de Echizen en 1570, se dirigió hacia el norte y derrotó a una coalición de sus enemigos en Anegawa el 22 de julio de ese año. Enfurecido por la feroz resistencia de los budistas, Nobunaga destruyó su monasterio en el monte Hiei, poniendo fin para siempre a su poder en Japón. Al descubrir que Yoshiaki estaba conspirando con sus enemigos contra él, Nobunaga depuso al sogún, dando por finalizada así a la dinastía de los sogunes Ashikaga. A lo largo de 1573-74, Nobunaga intentó, con éxito sólo parcial, frenar a los sectarios de Ikko-Ikki. El 29 de junio de 1575, Nobunaga logró su mayor victoria en Nagashino contra el clan Takeda. Su uso imaginativo y revolucionario de arcabuceros campesinos cuya utilización del fuego en formación les permitió derrotar a los samuráis a caballo causó toda una sensación tanto táctica como social entre los daimios de Japón.

En 1579 Nobunaga orquestó de nuevo una campaña contra los Ikko-Ikki, asegurándose bien esta vez de su rendición en abril de 1580. En 1582 terminó el trabajo que había iniciado en Nagashino al destruir al clan Takeda y provocar el suicidio de su daimio, Katsuyori, en Temmoku San. En respuesta a una petición de auxilio por parte de uno de sus generales, Toyotomi Hideyoshi, Nobunaga envió todos los refuerzos necesarios. Esta acción, sin embargo le dejó en una situación de peligrosa vulnerabilidad. El 22 de abril de 1582, Nobunaga cayó en una emboscada preparada por Akechi Mitsuhide, uno de sus generales, mientras estaba en el templo de Honno-ji en Kyoto. Su guardia personal fue cogida por sorpresa y asesinada, de forma que Nobunaga tuvo que pelear solo. Dándose cuenta de que la situación era desesperada y con el templo ardiendo en llamas a su alrededor, Nobunaga prefirió suicidarse antes que ser apresado. Al oír las noticias de la muerte de Nobunaga las gentes de la ciudad saquearon y redujeron a cenizas su magnífico castillo de Azuchi.

Aunque incapaz de conseguir el título de sogún él mismo, debido a su humilde nacimiento, las conquistas de Nobunaga ayudaron a establecer el clan de los Tokugawa como líderes militares hereditarios de Japón durante dos siglos e iniciaron el proceso de unificación de Japón. Su innovador uso de los arcabuceros concentrados en Nagashino aún tuvo consecuencias de mayor alcance. Preocupados no sólo por los futuros efectos de tales armas en su larga tradición guerrera, sino también sobre la posibilidad de la rebelión de las clases, los daimios intentaron controlar el uso y la manufactura de las armas de fuego. En 1578 el señor Hideyoshi, entonces regente de Japón, inició una política de desarme que finalmente llevaría al abandono de las armas por completo. Durante más de dos siglos después de su muerte, Japón continuó atestiguando el impacto de los grandes logros de Nobunaga.

*Toyotomi Hideyoshi fue el responsable
de la segunda etapa de consolidación de Japón*

Una vuelta a los usos de antaño

La renuncia del Japón medieval
a la tecnología de las armas de fuego

Desde la aparición de la primera arma y de su aplicación práctica como instrumento de guerra, la humanidad en general se ha esforzado por producir mejores y más eficaces armas para sus ejércitos. Esto fue lo que ocurrió de hecho después del descubrimiento de la pólvora y el consiguiente desarrollo de las armas de fuego. La tecnología de las armas de fuego continúa avanzando a ritmo acelerado, con modelos nuevos que poseen una velocidad de disparo mayor que sus predecesoras y están hechas de elementos tan diversos como materiales plásticos y cerámicos.

Con sólo una excepción particular, el desarrollo de las armas de fuego siempre se ha movido hacia delante con el propósito singular de fabricar armas mejores para los soldados que las de antes. La única excepción a esta regla fija fue Japón en los siglos XVI y XVII. Japón que había conocido las armas de fuego inicialmente a través de los viajeros europeos, rápidamente se sintió fascinado por las posibilidades de tal instrumento. Mediante el trabajo de sus fantásticos artesanos y gracias a su superior capacidad en el trabajo del metal los japoneses avanzaron en el desarrollo de la tecnología armamentística hasta un grado que superaba con mucho el alcanzado en Europa. Tras haber utilizado las armas de fuego durante casi un siglo, una serie de hechos trascendentales llevaron a los japoneses a reevaluar su actitud hacia ellas. Comenzaron entonces una política de desarme a nivel nacional, que finalmente resultó en el completo abandono de las armas de fuego en todo el país. Los japoneses habían desafiado esencialmente el estatus quo de la tecnología de las armas de fuego y habían marchado en la dirección contraria decidiéndose por «su abandono».

Los japoneses se habían iniciado en el mundo de las armas de fuego con el arcabuz (que utilizaba una mecha que debía ser encendida), de la mano de tres aventureros portugueses en 1543. El momento era el más apropiado, dado que el arcabuz llegó en el medio de una lucha por el poder en Japón que ya duraba un siglo y los señores rivales estaban muy interesados en cualquier nueva arma que pudiera darles una ventaja decisiva. Los armeros japoneses empezaron a trabajar por lo tanto en la reproducción del arcabuz.

Una década después de su aparición el arcabuz era fabricado por miles por los artesanos que habían aflorado por todo el país. Más aún, éstas eran armas de alta calidad, no simples imitaciones. Dado que Japón había sido un fabricante de armas líder durante más de doscientos años (en 1483, un año que marca todo un hito, exportó unas

67.000 espadas sólo a China) era una tarea relativamente sencilla incluir las armas de fuego a la serie de armas de gran calidad ya existente. Los japoneses no sólo demostraron su habilidad para copiar el arcabuz sino que al emplear su maestría en el trabajo del metal y su conocimiento del oficio, mejoraron significativamente el diseño básico. Desarrollaron un resorte principal helicoidal y un gatillo ajustable, aumentaron el calibre para que tuviera mayor efecto sobre la armadura, desarrollaron una técnica de disparo en serie para aumentar la salida de munición, diseñaron estuches especiales lacados e impermeables para las armas y la munición, además de una protección en forma de caja impermeable para cubrir la mecha permitiendo así que el arma pudiera ser disparada bajo la lluvia. Pero aún más significativo era el talento que demostraron a la hora de fabricar los cañones. Muchos de estos arcabuces, habiendo sido retirados después de generaciones de uso en los siglos XVI y XVII, fueron recuperados y convertidos en rifles de percusión a finales de los 1850, y reconvertidos una vez más en rifles de cerrojo destinados a la guerra contra Rusia en 1904. Nada podía decir más de la habilidad japonesa que un cañón de 300 años que ha sido remodelado dos veces y todavía sigue funcionando a la perfección. Tal era la eficacia de los modelos japoneses que los armeros ponían un signo de corrección de pruebas en sus armaduras disparando un arcabuz contra la armadura a corta distancia, la muesca dejada por la bala era la prueba de que la armadura era capaz de soportar un disparo.

La habilidad de los japoneses con el arcabuz no se limitaba al diseño y la construcción, también desarrollaron manuales de entrenamiento altamente eficaces para su uso en la guerra. En 1560 el arcabuz fue utilizado por primera vez en una batalla a gran escala y desde ese momento se convirtió en un elemento típico de las guerras entre samuráis. La existencia de este tipo de arma, sin embargo, empezó a tener un efecto negativo en los líderes militares. Muchos veían el arcabuz tanto como una invasión no deseada de la cultura occidental, algo a lo que Japón se había resistido durante siglos, como un arma poco honorable para guerreros tan entregados como los samuráis de clase alta. El arcabuz amenazaba no sólo el estatus quo, sino también la manera en la que los samuráis hacían la guerra tradicionalmente. Las cosas llegaron a un punto crítico tras la batalla de Nagashino en 1575, durante la cual soldados campesinos armados con arcabuces asesinaron a algunos de los mejores caballeros samuráis de la historia con el fuego en serie de sus formaciones. En la batalla de Komaki, librada en 1584, ambos comandantes disponían de un elevado número de arcabuceros en sus filas y los resultados de Nagashino no estaban lejos de su pensamiento. La batalla no se parecía nada a cualquier cosa que hubiera podido ocurrir con anterioridad en Japón ya que ambos bandos, negándose a atacar, cavaron trincheras y esperaron a que el otro hiciera el primer movimiento. El resultado fue un impasse, con ambos bandos lanzando alguna ráfaga ocasional o haciendo explotar una mina de tierra, pero sin emplear tácticas tradicionales ni maniobras. En *Living Up the Gun: Japan's Reversión to the Sword, 1543-1879*, uno de los pocos textos en inglés sobre este tema, Noel Perrin declara, «De alguna manera, Komaki fue como una escena de la Primera Guerra Mundial, tres siglos y medio antes de lo previsto».

El resultado fue que los líderes militares solicitaron una regulación de las armas de fuego cuyo propósito era negarle su uso a los campesinos por el miedo a una rebelión social. Los ejércitos podían conservar sus armas, por supuesto, pero las armas de los civiles tenían que ser confiscadas. Alrededor del 1587 el regente de Japón, el señor Hideyoshi dio el primer, aunque subrepticio, paso hacia el control de armas. Anunciando que iba a construir una estatua magnífica de Buda que iba a ser fabricada en madera y apuntalada o apoyada con puntales de hierro, Hideyoshi solicitó a todos los civiles que contribuyeran tanto con sus armas como con sus espadas a su construcción. Aunque la producción de armas continuó aumentando durante dos décadas más, las bases para el desarme habían sido constituidas. El siguiente paso consistiría en la centralización de la fabricación de armas de fuego bajo control del gobierno. Esto fue iniciado en 1607 por el señor Tokugawa Ieyasu. Ya que los artesanos sólo podían fabricar armas con la aprobación o por orden del gobierno, el número de armas comenzó a descender y muchos de ellos, a riesgo de morir de hambre, volvieron a hacer espadas. Hacia 1625, con el monopolio del gobierno firmemente establecido, la demanda de armas se redujo otra vez y hacia 1673 se fabricaban menos de 400 armas cada dos años. En 1705, este número se redujo a 35 armas de gran tamaño en los años pares y 250 armas pequeñas en los impares. Este nivel se mantuvo durante los 80 años que siguieron, mientras que la investigación y el desarrollo de las armas paró por completo en 1725.

Fue en la Rebelión Shimbara de 1673 cuando se usaron armas por última vez en Japón. Habría que esperar doscientos años para volver a verlas. Cuando el comodoro Perry arribó a la Bahía de Tokio con la «Gran Flota Blanca» en 1853 para intentar forzar la «apertura» de Japón hacia el mundo occidental, fue recibido por samuráis armados sólo con sus armas tradicionales, espadas, lanzas y arcos. Aunque había piezas de artillería de ocho libras colocadas para defender el puerto de Tokio, estas armas habían sido fabricadas entre 1650 y 1660 y los japoneses habían olvidado casi por completo cómo dispararlas.

Fue sólo tras la llegada de Perry y la impresionante tecnología que trajo consigo que los japoneses volvieron realmente a usar armas de fuego. Incapaces de responder al poder tecnológico superior de Occidente, Japón, muy a su pesar, fue forzada a abandonar los viejos usos y a adoptar los nuevos para asegurar la continuidad de su supervivencia como nación.

Emperadores, regentes y sogunes de Japón

PERIODO HEIAN, 794-1186	
Kammu	781-806
Heizei	806-809-824
Saga	809-823-842
Junna	823-833-840
Nimmyô	833-850
Montoku	850-858
Seiwa	858-876-880
Yôzei	877-884-949
Kôkô	884-887
Uda	887-897-937
Daigo	897-930
Suzaku	930-946-952
Murakami	946-967
Reizei	967-969-1011
Enyû	969-984-991
Kazan	984-986-1008
Ichijô	986-1011
Sanjô	1011-1016-1017
Go-Ichijô	1016-1036
Go-Suzaku	1036-1045
Go-Reizei	1045-1068
Go-Sanjô	1067-1072-1073
Shirakawa	1072-1086-1129
Horikawa	1086-1107
Toba	1107-1123-1129-1156
Sutoku	1123-1141-1156
Konoye	1141-1155
Go-Shirakawa	1156-1158-1179-1180-1192
Nijô	1159-1165
Rokujô	1166-1168-1176
Takakura	1169-1180-1181
Antoku	1181-1183-1185

Batalla Dan-no-ura: El Clan Taira es derrocado por el de los Minamotos, 1185

LOS SOGUNES KAMAKURA

Minamotos

Yoritomo	1192-1199
Yoriie	1201-1203-1204
Sanetomo	1203-1219

Fujiwaras

Yoritsune	1226-1244-1256
Yoritsugu	1244-1252-1256

Príncipes imperiales

Munetake	1252-1266-1274
Koreyasu	1266-1289-1326
Hisa-akira	1289-1308-1428
Morkuni	1308-1333

Después de los Hôjôs

Morinaga	1333-1334-1335
Narinaga	1334-1338

EL PERIODO KAMAKURA, 1186-1336

Go-Toba	1184-1198-1221-1239
Tsuchimikado	1199-1210-1231
Juntoku	1211-1221-1242
Chûkyô	1221-1221-1234
Go-Horikawa	1222-1232-1234
Shijô	1233-1242
Go-Saga	1243-1246-1272
Go-Fukakusa	1247-1259-1304
Kameyama	1260-1274-1305
Go-Uda	1275-1287-1324
Fushimi	1288-1298-1217
Go-Fushimi	1299-1301-1336
Go-Nijô	1302-1308
Hanazono	1309-1318-1348
Go-Daigo	1319-1338

REGENTES HÔJÔ (SHIKKEN)	
Tokimasa	1203-1205-1215
Yoshitoki	1205-1224
Yasutoki	1224-1242
Tsunetoki	1242-1246
Tokiyori	1246-1256-1263
Nagatoki	1256-1264
Masamura	1264-1268-1273
Tokimune	1268-1284

INVASIONES MONGOLAS, 1274 & 1281	
Sadatoki	1284-1301-1311
Morotoki	1301-1311
Takatoki	1311-1333

EMPERADORES DEL NORTE

Hôjô

Kôgon	1331-1333-1364

El Periodo Nambokuchô, 1336-1392

Ashikaga

Kômyô	1336-1348-1380
Sukô	1349-1352-1398
Go-Kôgon	1353-1371-1374
Go-En-yû	1372-1381-1393
Go-Komatsu	1383-1392 (1392-1412-1433)

EMPERADORES DEL SUR

Go-Murakami	1339-1368
Chôkei	1369-1372
Go-Kameyama	1373-1392-1424

EL PERIODO MUROMACHI, 1392-1573

Go-Komatsu	1392-1412-1433
Shôkô	1413-1428
Go-Hanazono	1429-1464-1471
Go-Tsuchimikado	1465-1500
Go-Kashiwabara	1501-1526
Go-Nara	1527-1557
Oogimachi	1558-1586-1593

SOGUNES ASHIKAGA

Takauji	1338-1358
Yoshiakira	1358-1367-1368
Yoshimitsu	1367-1395-1408
Yoshimochi	1395-1423-1428
Yoshikazu	1423-1425
Yoshinori	1428-1441
Yoshikatsu	1441-1443
Yoshimasa	1449-1474-1490
Yoshihisa	1474-1489
Yoshitane	1490-1493
Yoshizumi	1493-1508-1511
Yoshitane	1508-1521-1522
Yoshiharu	1521-1545-1550
Yoshiteru	1545-1565
Yoshihide	1568
Yoshiaki	1568-1573-1597

EL PERIODO AZUCHI-MOMOYAMA, 1573-1603

Go-Yôzei	1587-1611-1617

DICTADOR

OdaNobunaga	1568-1582

entra en Tokio en 1568; quema de los templos budistas del monte Hiei en 1571; Shôgundeposed, 1573

CANCILLERES TOYOTOMI (KAMPAKU)

Hideyoshi	1585-1591-1598
Hidetsugu	1591-1595

EL PERIODO EDO, 1603-1868

Go-Mi-no-o	1612-1629-1680
Meishô [Myôshô]	1630-1643-1696
Go-Kômyô	1644-1654
Go-Saiin	1655-1662-1685
Reigen	1663-1686-1732
Higashi-yama	1687-1709
Nakamikado	1710-1735-1737
Sakuramachi	1736-1746-1750
Momozono	1746-1762
Go-Sakuramachi	1763-1770-1813
Go-Momozono	1771-1779
Kôkaku	1780-1816-1840
Ninkô	1817-1846
Kômei	1847-1866

SOGUNES TOKUGAWA

Ieyasu	1603-1605-1616
Hidetada	1605-1623-1632
Iemitsu	1623-1651
Ietsuna	1651-1680
Tsunayoshi	1680-1709
Ienobu	1709-1712
Ietsugu	1712-1716
Yoshimune	1716-1745-1751
Ieshige	1745-1760-1761
Ieharu	1760-1786
Ienari	1786-1837-1841
Ieyoshi	1837-1853
Iesada	1853-1858
Iemochi	1858-1866
Yoshinobu, Keiki	1866-1868-1903

EL PERIODO MODERNO, 1868-ACTUALIDAD		ERA
Mutsuhito	1866-1912	Meiji 1868
Yoshihito	1912-1926	Taishô
Hirohito	1926-1989	Shôwa
Akihito	1989-present	Heisei
Naruhito	heir	

Glosario

AIKIDO   arte marcial japonés. «El camino de la armonía con el ki». (Ver *ki*)

ASHIGARU   soldados de a pie.

BUJUTSU   «Bu», guerra; «jutsu», arte. El arte de la guerra.

BUSHIDO   «Bushi», guerrero; «do», camino. El camino del guerrero.

DAIMIO   un terrateniente samurái y jefe militar.

Una fotografía moderna del castillo de Nagoya

DOJO
«Do», camino; «jo», lugar. Lugar para estudiar el camino: escuela de artes marciales.

GI
uniforme parecido a un pijama de dos piezas que se utiliza para practicar artes marciales.

HAKAMA
falda pantalón ancha utilizada por los samuráis y por los estudiantes de artes marciales.

HARAKIRI
suicidio ritual consistente en cortarse el abdomen.

JUDO
arte marcial basado en la flexibilidad y la lucha.

JUJITSU
otro estilo de judo.

KAMIKAZE
«viento divino». Nombre adoptado por los pilotos suicidas japoneses en la Segunda Guerra Mundial.

KARATE
arte marcial japonés.

KATA
conjunto de secuencias de movimientos de las artes marciales.

Arquero   *Lancero*   *Ashigaru*

KATANA	espada larga de una sola hoja que llevaban los samuráis.
KENDO	arte marcial, «el camino de la espada».
KI	fuerza vital interior o energía.
KIAI	grito poderoso utilizado por los artistas marciales.
KYUDO	un arte marcial, «el camino del arco». El arte del arco y de la flecha.
MON	emblema de una familia o clan.
NAGINATA	lanza de hoja curva
NINJA	guerreros encubiertos empleados por los samuráis como espías o asesinos.
NINJITSU	el arte del ninja.
RONIN	samurái sin señor.
SAMURÁI	miembro de una clase guerrera de Japón.

Campesinos y nobles

SASHIMONO	bandera que portaban los samuráis en el campo de batalla adornada con el emblema del clan o mon.
SENSEI	profesor o maestro, término que denota respeto.
SEPPUKU	nombre formal del hara-kiri.
SHINTO	antigua religión de Japón.
SOGÚN	dictador militar de Japón.
TATAMI	estera de paja para el suelo.
WAKIZASHI	la espada más corta de las dos que lleva el samurái. (Ver *katana*).
YARI	lanza de hoja recta.
ZEN	forma de religión budista practicada por muchos samuráis.

Soldado de caballería

Otros títulos de la colección

Juan Antonio Cebrián presenta la Breve Historia de...

Breve Historia de los Gladiadores
Daniel P. Mannix
> *Descubre la historia real del Circo Romano y los míticos luchadores que combatían a muerte.*

En las escuelas de gladiadores, prisioneros de guerra, fugitivos o delincuentes se adiestraban en las técnicas de la lucha a muerte, se enfundaban sus armaduras y se lanzaban a la arena para conseguir gloria o muerte. En medio de un estruendoso clamor los más diestros gladiadores aplastaban a sus contrincantes bajo sus carruajes, los mutilaban certeramente con sus espadas o luchaban desesperadamente con hambrientas bestias salvajes.

Breve Historia del Rey Arturo
Christopher Hibbert
> *Descubra las hazañas del héroe real en las que se basa la leyenda del Rey Arturo y los Caballeros de la Tabla Redonda.*

La **Breve Historia del Rey Arturo** nos narra la leyenda y la realidad de uno de los romances medievales más importantes de la Europa occidental: El mítico *Rey Arturo*, que unifica los reinos de Inglaterra y hace retroceder a los invasores sajones, persiguiéndolos hasta el continente. Junto a su mujer Ginebra, ejerce su reinado en la magnífica ciudad de Camelot, donde reúne alrededor de una inmensa mesa redonda a formidables caballeros: Gauvain, Kay, Percival, Lancelot, Tristán...

Breve Historia de Alejandro Magno
Charles E. Mercer
> *Vida y hazañas del valiente y despiadado rey, el mejor estratega militar del mundo antiguo.*

Breve Historia de los Piratas
Robert Downie
> *La fascinante historia y leyendas de los más temibles bucaneros, corsarios y filibusteros que asolaron los mares.*